A MILD NOBLE'S
VACATION SUGGESTION

優雅貴族
的
休假指南。

17

著　岬　圖　さんど
譯　簡捷

◆ Contents ◆

優雅貴族的休假指南。……005

打盹的魔物研究家以無比幸福的心情醒來……219

海賊船出現時各國的應對方式……249

後記……286

A Mild Noble's
Vacation Suggestion

A MILD NOBLE'S
VACATION SUGGESTION

# CHARACTERS
## 人物介紹

### 利瑟爾
本來是為某國王效命的貴族，不知為何掉到了與原本世界十分相似的另一個世界，正在全力享受假期。嘗試當上了冒險者，不過常常有人不敢置信地多看他一眼。

### 劫爾
傳聞中的「最強冒險者」，可能真的是最強。興趣是攻略迷宮。

### 伊雷文
原本是足以威脅國家的盜賊團的首領。蛇族獸人。別看他這樣，親近利瑟爾之後作風已經比先前收斂許多了。

### 賈吉
商人，擁有自己的店舖，擅長鑑定。看起來很懦弱，其實與人交涉時頗有魄力。

### 史塔德
冒險者公會的職員，面無表情就是他的一號表情。人稱「絕對零度」。

### 陛下
對於利瑟爾來說是前學生，兼敬愛的國王。國民對他的愛稱是「前不良國王」（「本來是不良少年的國王」的簡稱）。

### 納赫斯
阿斯塔尼亞魔鳥騎兵團的副隊長。最近與搭檔魔鳥過著安穩的生活，正在抗拒對小日子感到有點不滿足的自己。

### 艾恩隊伍
曾經借助利瑟爾的幫忙，搶先通關新迷宮的年輕冒險者。論冒險者資歷明明是利瑟爾的大前輩，在利瑟爾面前卻莫名變成後輩地位的元氣充沛四人組。

劫爾告訴伊雷文這件事，一開始其實沒有其他意思。

夜色已深，房裡只點著一盞燈做為光源。在這三人房、不對，再加上蜷在地毯上熟睡的一個人就是四人房了，劫爾獨自晚酌，喝著睡前酒。至於這房裡的其中一個房客，利瑟爾，難得早早讀書讀到了一個段落，已躺在三張床鋪裡正中央的那一張熟睡。劫爾漫不經心地望著那團微微上下起伏的毛毯，傾了傾玻璃杯，視線略微偏向地板，便能看見夸特窩在利瑟爾腳邊的地面安睡，露出後腦勺。

經營旅店的老夫婦或許他們曾經造訪過夸特出身的群島也不一定。這反應讓人有點好奇有人蜷在地上睡覺也沒什麼稀奇，非常乾脆地允許夸特住了進來。

劫爾就這麼打發著時間，過沒多久，伊雷文也從外頭回來了。

他一走進房間，便走到劫爾正對面坐了下來，熟門熟路地從空間魔法裡取出玻璃杯，擅自喝起了劫爾的酒。從伊雷文那副理所當然的態度，能輕易想像他在外面多半也常做出這種勾當。必要時他懂得擺出親切討喜的態度，因此當他想適度喝點酒、享受點熱鬧氣氛時，也會混入其他群體中同樂吧。

兩人就這麼對坐晚酌，席間沒什麼熱絡的談話，只是偶爾想起什麼似的聊些瑣

碎話題。新買的劍品質好不好、優秀的鐵匠上哪找、偶然聽見利瑟爾的什麼新傳聞……全都是冒險者常見的閒聊話題。

——或許是因為這個緣故，劫爾忽然想起了白天發生的事。

他被利瑟爾叫醒，一起去了魔法學院，在那裡見到過去那場大侵襲的幕後黑手。讓利瑟爾接觸那人，說他心裡沒有絲毫不悅是騙人的，但劫爾並不覺得藉此反對利瑟爾的決定有多大意義。因為不用想也知道，利瑟爾肯定明白劫爾會不高興，假如他即便如此還執意要去，那就表示背後有著相稱的理由。

實際上豈止是相稱，簡直是個不能開玩笑的重大理由。

劫爾從沒想過，自己竟然在不知不覺間面臨了生命危險，真不是開玩笑的。久遠以前發生的那場空間魔法爆發，規模大到足以炸出那座圍繞撒路思的巨大湖泊，考量到同等規模的爆發有可能再發生一次，利瑟爾不久前採取的措施可說是拯救了撒路思全國國民的性命吧。當然，事情不一定會演變成那樣，所以如此斷言確實也顯得有點居功自負了。

不過利瑟爾完全不在乎這方面的事，既然如此，劫爾也放棄了思考。畢竟足以左右國家走勢的重大問題，對利瑟爾而言恐怕也不過是日常生活的一部分罷了。即使沒遇上這麼簡單明瞭的危機，以他原本的地位，他自身提出的一點意見本來就常對國家造成這種規模的改變。利瑟爾多半也不覺得這有什麼特別，只將它當作一件已處理完畢的事情，推到腦海一角去了吧。

或許正是出自於這個原因。

對劫爾而言，這項危機儘管規模驚人，卻已經輕鬆落幕，以他能接受的方式收尾了。

「說到這個，我們去見了那傢伙。」

「誰啊？」

「大侵襲的傢伙。」

「啥，你說那個比較陰鬱的中年美男？他跑到撒路思來喔？」

所以聊到相關話題的時候，劫爾沒來由地將這件事告訴了伊雷文。說他完全沒有其他意思是騙人的。儘管只是開點小玩笑的程度，但這多少也是為了報復利瑟爾出人意表的行動——劫爾睡到一半被挖起來，還被迫跟討人厭的傢伙見了一面。

你就好好面對不開心的伊雷文，為了討他歡心四處奔走去吧——劫爾原本只把這當作如此輕鬆的話題而已。

「不是，是那什麼支配者。」

「嗄？」

沒想到伊雷文卻發飆了。

他縮緊了瞳孔，硬扯起嘴角露出扭曲的笑容，就這麼沉默了一會兒，緊接著靜悄無聲地站起身，無法抑遏的怒氣嚇得夸特驚跳起來。

劫爾看著這一幕，事不關己地傾了傾酒杯，同時恍然察覺一件事。利瑟爾之所以特意將睡眠中的自己搖醒，正是因為他早就知道一旦告訴伊雷文，事情就會變成這樣。劫爾原以為伊雷文還有一點大吵大鬧的餘裕，但看來根本一丁點都沒剩。是自己預判錯誤了，但劫爾也不覺得怎麼樣。能完全預測這麼乖僻的傢伙會怎麼反應，利瑟爾才有問題。但再怎麼說利瑟爾也還在睡覺，所以劫爾還是姑且開口制止了一聲。

「喂。」

「隊長。」

但劫爾的聲音早就傳不進他耳中了。

伊雷文朝著利瑟爾熟睡的床鋪走近，管他是不是在睡覺，就是打算將他叫醒。考量到伊雷文自我中心的個性，這確實不讓人意外，但看他平常那麼寵利瑟爾，今天這種狀態還是頗為罕見。這下子說什麼都沒用了，劫爾很快便放棄了制止。

這時卻有人擋在伊雷文面前，是剛才還睡在地板上的夸特。

他一醒來便翻身跳上床鋪，擺出野獸般的姿勢，將利瑟爾護在身體底下，動作輕巧而流暢，身下的床鋪只略微晃了晃。夸特喉間發出威嚇般的獸吟，刀刃構成的尾巴無聲自背後伸出。

對著那條拱起圓弧，彷彿守護著利瑟爾般的尾巴，伊雷文語帶威壓地說：

「讓開。」

「⋯⋯他在、睡覺。」

夸特多半也不覺得伊雷文真的會傷害利瑟爾。平時只注重攻勢的他，此刻採取守勢而不主動進攻，就是最好的證據。夸特的戒備中帶著幾分困惑，但伊雷文毫不在乎。兩人又把同樣的兩句話說了一次。

「讓開。」

「不、讓開，他在睡覺！」

伊雷文不悅地蹙起眉頭，朝夸特伸出了手。

好像有點危險。從這動作中察覺到不小的危機感，劫爾準備開口干預了。

一旦旅店設備遭到損傷，王都旅店的女主人總會氣勢洶洶地把罪魁禍首罵到臭頭，哪怕犯人是最強冒險者也一視同仁。經營這間旅店的老婦人身為她的母親，劫爾難以想像她會作何反應，但肯定是會好好懲罰對方一番，讓人覺得王都女主人簡直太溫柔了的程度。都是年紀不小的成年人了，還被人當作小孩子一樣責罵實在不太好受。

就在劫爾準備出聲制止的時候，夸特身下有團東西動了動。

「嗯⋯⋯」

是還不睜開眼睛的利瑟爾。

利瑟爾只將一隻手探出毛毯，在半空中游移了一會兒。那隻手碰觸到在自己頭頂上搖晃的那條刃尾，便安撫地摸了摸，像在哄哭鬧的孩子睡覺似的。

夸特打從一開始就沒有在旅店引起流血衝突的意思，尾巴上層層疊疊的刀刃全都像奶油刀一樣平滑，並未割傷那隻睡傻了毫無防備的手。

劫爾也不清楚那看似無機物的尾巴有沒有觸覺，但那刃灰色的尾巴在利瑟爾撫摸之下，逐漸放鬆似的服貼在毛毯上，看來當事人是很喜歡這慈愛的撫觸。夸特回過頭看著這一幕，似乎也有點開心的樣子。

但下一秒，他便正面吃了伊雷文一記飛踢，從床鋪上滾落地面。

「⋯⋯夸特？」

一聲沒出息的哀嚎與落地聲同時傳入耳中，終於將利瑟爾的意識拉上水面。利瑟爾以半夢半醒的嗓音呼喚夸特，微微坐起上半身，掀起毛毯。或許是以為夸特睡傻了掉下床，他輕輕拍了拍床鋪，彷彿在叫夸特回來睡。利瑟爾肯定見過夸特睡在地板上，卻對此絲毫不感到懷疑，睡傻的人是他才對。

現在根本不是叫夸特上床睡覺的時候啊，劫爾心想，但沒說出口。他事不關己地保持旁觀。

「隊長。」

「？」

掀開的毛毯被人溫柔地奪走了，到了這時候，利瑟爾才終於睜開眼。紫水晶般的眼眸微微睜開，仍帶著幾分睡意望向地板上垂著肩膀的夸特，接著視線在半空中游移，似乎在尋找消失的毛毯，最後才回過頭來，仰頭望向伊雷文。

劫爾能看得出來，利瑟爾在那瞬間領悟了一切。

「你為什麼要做那種惹我不開心的事？」

縱向裂開的豎瞳，惡毒又嗜虐的笑容與嗓音。

利瑟爾見狀卻平靜得不合時宜，只是默默在床上坐起身，挺直了背脊，坐姿端正到無可挑剔。那雙眼睛瞧也不瞧罪魁禍首劫爾一眼，多半表現出了他全心全意討好伊雷文的意志。劫爾很想叫他別在這種地方認真。

「……」

劫爾多少也覺得自己闖了禍，不過還是端詳著眼前這難得的情景。

但這絕大部分也是利瑟爾自作自受吧。沒多久，劫爾便這麼想著，毫不心虛地繼續喝自己的酒去了。

現在，伊雷文心情非常愉悅。

他昨晚確實是發了脾氣，不過聽說自己在不知情的情況下被捲入了一場「運氣不好就準備被炸死」的惡質賭博，就還是接受了利瑟爾的做法。但接受是一回事，能不能原諒又是另一回事了。

說起來，既然劫爾還有辦法拿這件事當作閒聊話題，伊雷文打從一開始就明白背後應該有不得不這麼做的理由。但他還是發飆了，因為他發自內心覺得不爽。比起那什麼支配者，當然他也不喜歡那傢伙，但最重要的是利瑟爾選擇了一個惹他不

愉快的手段，這讓他氣憤難平。

就算沒有其他選擇，利瑟爾主動採取了這種行動仍然是不爭的事實。

背後有什麼內情不重要，反正利瑟爾做了他不樂見的事情就是不對。不過換個角度想，利瑟爾鮮少讓人抓到把柄，這次事件也是他光明正大反將利瑟爾一軍的寶貴機會。

「所以說，事情就是這樣啦——」

『喔——利茲有時確實會這樣。』

所以此刻，伊雷文正在跟陛下狂打小報告。

伊雷文在深夜把利瑟爾叫醒之後，利瑟爾好好取悅了鬧著彆扭的他。結果等他們重新睡下的時候時間已晚，兩人於是決定今天就不去公會了。劫爾一如往常，一大清早就潛入迷宮，在只有他缺席的旅店裡，其餘三人一直到日上三竿都還睡著懶覺。

三人之中最先醒來的是利瑟爾，他整裝盥洗過後便去吃早餐了。伊雷文和夸特都察覺了利瑟爾起床的動靜，前者立刻繼續睡回籠覺，後者在地板上滾來滾去就是起不來，或許是在奇怪時間被吵醒的後遺症。畢竟夸特不知為何陪著利瑟爾，在他遭到伊雷文質問的期間一直都醒著。

至於這一切的始作俑者劫爾，睡前酒喝得差不多便獨自倒頭睡了。

「（早餐的味道⋯⋯）」

伊雷文正將臉埋在枕頭裡睡。

即使在他習慣的這個姿勢底下，還是有香味隱約傳入鼻腔。

是什麼東西的味道呢？正當他這麼想的時候⋯⋯

『喔，接上了。』

旁邊忽然傳來一道陌生的聲音，伊雷文睜大眼睛。

他以行雲流水般的動作轉為攻擊態勢，抓起斜靠在床邊的雙劍，下個動作便在拔劍出鞘的同時揮出一斬。對方靠得這麼近他卻一無所察，這對伊雷文而言是不可能出現的異常狀況。他在確認對象之前便揮出雙劍，試圖搶先取其性命。

但這時候，比昨晚少幾瞬，映入伊雷文視野中的卻是⋯⋯

一個飄浮在半空中的奇怪四方形，以及原本睡在地上的夸特像脫兔般從窗戶一躍而出的背影。伊雷文揮下的雙劍被那奇怪的四方形彈開，他仍然摸不著頭腦，只得趕緊拉開距離。接著他詫異地皺著眉頭，緩步繞過房間，往那四方形背後一看，便看見一張他曾見過一次的面孔。

「為什麼會有陛下的畫作飄在半空啊。」

『你說誰是平面的東西啊。』

「嘎？這不是陛下本人嗎？」

在那四方形之中一臉不服氣的，正是他親愛的隊長所效命的國王。

伊雷文滿臉驚訝，但還是先把劍收回了鞘裡。這狀況真讓人完全摸不著頭緒。雖然莫名其妙，但來得正好，伊雷文吊起嘴角。

他就這麼在四方形正前方，利瑟爾的床上躺了下來，手還順便撐著臉頰。即便對他敬愛的國王擺出這種態度，伊雷文很確信利瑟爾也不會生氣。與昨晚的事情無關，他只是覺得眼前這個國王不會需要虛有其表的敬意。

至少他目前聽說過的是這樣。而既然國王覺得不需要，利瑟爾也不會強迫他行禮如儀。假如刻意擺出無禮的態度或許另當別論，但伊雷文只是按照平常的態度起居，國王不會介意吧。

沒錯，伊雷文從沒想過要誇大其詞地讚頌他。這個身在不同世界的男人，對伊雷文而言就是個「利瑟爾的熟人」而已。

「隊長說有驚喜，原來就是這個啊。」

伊雷文想起利瑟爾當時心情大好的模樣，在心裡咕噥：簡直比床上爬滿蠕蟲好太多了。伊雷文對那件事有點陰影，有段時間他睡前都要掀起毛毯好好確認過才敢睡。

接下來，趁著利瑟爾還在悠閒吃早餐的時候，伊雷文便向國王大肆吐了一番苦水。

聽見伊雷文一開口就埋怨他到底是怎麼教利瑟爾的，國王似乎也有點哭笑不得，但同時也樂在其中地聽他娓娓道來。伊雷文漫不經心地想，他這種地方跟利瑟

爾滿像的，尤其是無論面對什麼立場的人、對方說了什麼，他們都願意先擺出聆聽的姿態這點。

或許該說他們擅長在不同角色之間切換吧，面對不同對象，也能隨之改變應對方式。

一方面也是因為伊雷文不是他的子民，他或許覺得對不同世界的人搬出自己的權威沒什麼意義。無論如何，都讓人深深覺得他不愧是利瑟爾帶出來的學生。

「是也沒什麼啦，畢竟是隊長嘛，我也知道他一定選擇了最理想的手段。」

『嗯。』

「但說到能不能接受，那又是另一回事了嘛。他為啥不把我的感受擺在第一位啊？」

『你這話很不得了耶。』

「畢竟我又不像陛下一樣，總是被他擺在第一順位嘛——」

『你別太欺負他啊。』

聽見半空中傳來這句語氣淡然的話，伊雷文哼笑了一聲。

這點程度的任性哪算得上什麼，利瑟爾最寵的那兩個年輕小朋友，還總是對於利瑟爾會以他們為優先深信不疑呢。他們各自維持著自己受到利瑟爾喜愛的那一面，卻不恃寵而驕，反而持續精進，所以也每一次都享受著來自利瑟爾的親愛之情。

利瑟爾覺得他們這樣很惹人憐愛，但伊雷文完全無法理解。他慵懶地撐著臉

『他有時候會直接忽略自己的想法，只看效率決定做事方法，所以到了實際動工的時候偶爾會露出五味雜陳的表情，一副「這方法好像不太適合我」的樣子。』

「喔——對對對，這很像隊長會做的事。」

「果然喔？」

『那也不是我教出來的，他天生就這樣。』

「我哪有欺負他，只是說隊長有時候太講求效率而已。」

頰，抬頭仰望那位國王，和國王屁股底下那張毫無裝飾、著重功能性的椅子。

效率無可挑剔，任誰看來都是最佳解法，因此在外的風評也十分優秀，但那是另一回事。

除了「對國王有益」這個大前提之外，利瑟爾自身應該也有偏好或厭惡的手段才對。但他太習慣用執行起來最為順暢的方式安排事情，因此容易發生先採行措施之後，慢了一步感受到情緒的奇妙現象。

話雖如此，一反利瑟爾本人的心情，他總是能將周遭所有人的反感都壓抑在最小限度，只能說真不愧是他。因為他擁有足夠精湛的手腕，有辦法將事情調整到所有相關人員都有益的多贏局面。換言之，當利瑟爾沒為你準備益處，他要不是覺得跟你敵對也無傷大雅，就是完全把你當成了自己人，對你有了些依賴心理。

因此，對於「利瑟爾選擇了和支配者接觸」這件事本身，伊雷文是沒那麼生氣。

「那傢伙看上去聰明，偶爾卻有點少根筋啊。」

優雅貴族的休假指南。17

016

「我就喜歡隊長這點。」

『哈，那你品味不錯。』

「太沒破綻的人相處起來也容易膩嘛。」

在那四方形框框裡露出無畏笑容的國王，看上去就是私下相處時的隨和態度。框裡的房間以白色為基調，國王坐在一張簡素的椅子上，手肘撐著扶手，順便將一隻腳蹺上椅子，一副國王不該有的儀態，偶爾還會把手伸出方框外拿東西吃，伊雷文沒來由地想，這人應該是對形式上想盡辦法維護出來的威嚴不感興趣吧。

『在這層意義上，黑色那個就是最無趣的那種人吧。』

「嗄？」

看見國王大口吃著貌似點心的三明治，伊雷文這麼說邊抬起撐在手掌上的頭。

「你也見過大哥喔？」

『你們兄弟倆還真不相像。』

「他不是我親哥啦。欸，所以咧？你啥時見到他的啊？」

『之前他跟利茲待在一起的時候。』

「是喔——」

『他抓著利茲的臉。』

「啥??」

一問之下，原來國王時不時就會接上這窗口與利瑟爾聯繫。

他大多數都看準了利瑟爾待在旅店的時間，但再怎麼說也不可能每次都成功。那一次，窗口就和正與劫爾一同外出的利瑟爾接上了，換句話說，利瑟爾走在路上的時候，那窗口就突然出現在利瑟爾眼前。

利瑟爾差點整張臉往那扇突然出現的窗口上撞，是劫爾緊急按住了利瑟爾的額頭才避免慘劇發生。國王也只說了一句「啊，你在外面？那先辦了」就馬上關閉窗口，所以沒和他說到話。

『是說陛下，你個人覺得這種事都沒關係喔？』

「哪種事啦。」

『那不是你引以為傲的宰相嗎？被平民這樣隨意對待，應該很不爽吧？』

「沒關係啊，只要他本人開心就好。」

國王舔掉唇上殘留的醬汁，不以為意地這麼說。

利瑟爾在原本的世界，總是時時留心著表現出符合地位的儀態舉止。即使他不留心，那些習慣也早已成了他的一部分。為了那些跟隨自己的臣民，最重要的是為了他的國王，他一向貫徹著毫無破綻的高貴儀態，因為他一旦表現得不夠有價值，身在他周遭的那些人也不免要遭人看輕。

不過現在，利瑟爾身邊都是些立場對等，又絲毫不在乎外界評價的人。

『難得他能好好放縱玩樂，不把握機會豈不是虧大了。』

「你這種地方跟隊長好像喔。」

優雅貴族的休假指南。17

『確實偶爾有人會這麼說。』

國王顯得有些意外，伊雷文放鬆了身體，重新將頭擱回手掌上。

利瑟爾是他的導師，兩人在教育過程中變得有些相似也很自然，不過歸根究柢，他們倆根本來就是相像的人吧，利瑟爾或許也是因為這樣才被拔擢為王儲導師的，伊雷文心想。

畢竟看利瑟爾怎麼對待那兩個年輕小朋友就知道了。利瑟爾會培育他們，卻不喜歡改變對方的本質。正因為這樣相處起來輕鬆，伊雷文也才會待在他身邊。

「我看陛下你也很放任他嘛，跟我們大哥一樣。」

「在這一邊，我就算放著他不管，他也會以我為中心行動啊。』

「可是你聽說他有了結婚對象，還是會出手阻止欸？」

『那當然。』

這人到底在說什麼啊，國王一臉傻眼，伊雷文見狀輕浮地笑了起來。

利瑟爾屢次聊起陛下的軼事，每個故事都誇張又有趣⋯⋯該說有趣嗎，各種意義上都太讓人印象深刻了。這事態發展要是沒有誇大成分就見鬼了，但不知該說是幸還是不幸，利瑟爾完全沒有半點誇大，伊雷文也有過這領悟好幾次了。

但現在他們已經習慣了這件事，這話題也成了最好的下酒菜。

在伊雷文看來，自己在其他地方被人當作茶餘飯後的話題簡直是件討厭得要命的事，但既然主角不是他，娛樂當然越多越好。不對，假如是利瑟爾拿他向外人炫

『那他也是很歡迎的。』

『那傢伙挑老婆的標準可是那個哦，國家利益。』

「哇靠。」

『實際上要是真的結了婚，他肯定還是會珍惜對方啦，但拜託他也考慮一下我聽到候選配偶是什麼前敵國千金的時候是什麼心情。』

「那個候選的肯定心懷鬼胎吧。」

利瑟爾一直以來都生活在政治聯姻一點也不稀奇的世界。

所以說起來他那種思維也是沒錯，但伊雷文還是聽得嘴角抽搐。

即便如此，國王可是聽了他本人一番具體的遊說，比方說「考量到與該國的邦交，只要我迎娶該國的千金……」、「如果能強化與這一帶領地的連結，就能開拓貿易道路……」國王肯定是聽得受不了吧。

「哎，總之我才不會允許那種事情發生咧。」伊雷文說。

「我也不會允許啦，但原來還需要你允許喔。」

「需要啊。」

『敢對著我光明正大這樣說，厲害。』

國王哈哈大笑，伊雷文倒是一臉嚴肅。

『不過，他以前好像是有過未婚妻啦。』

「啊？？？」

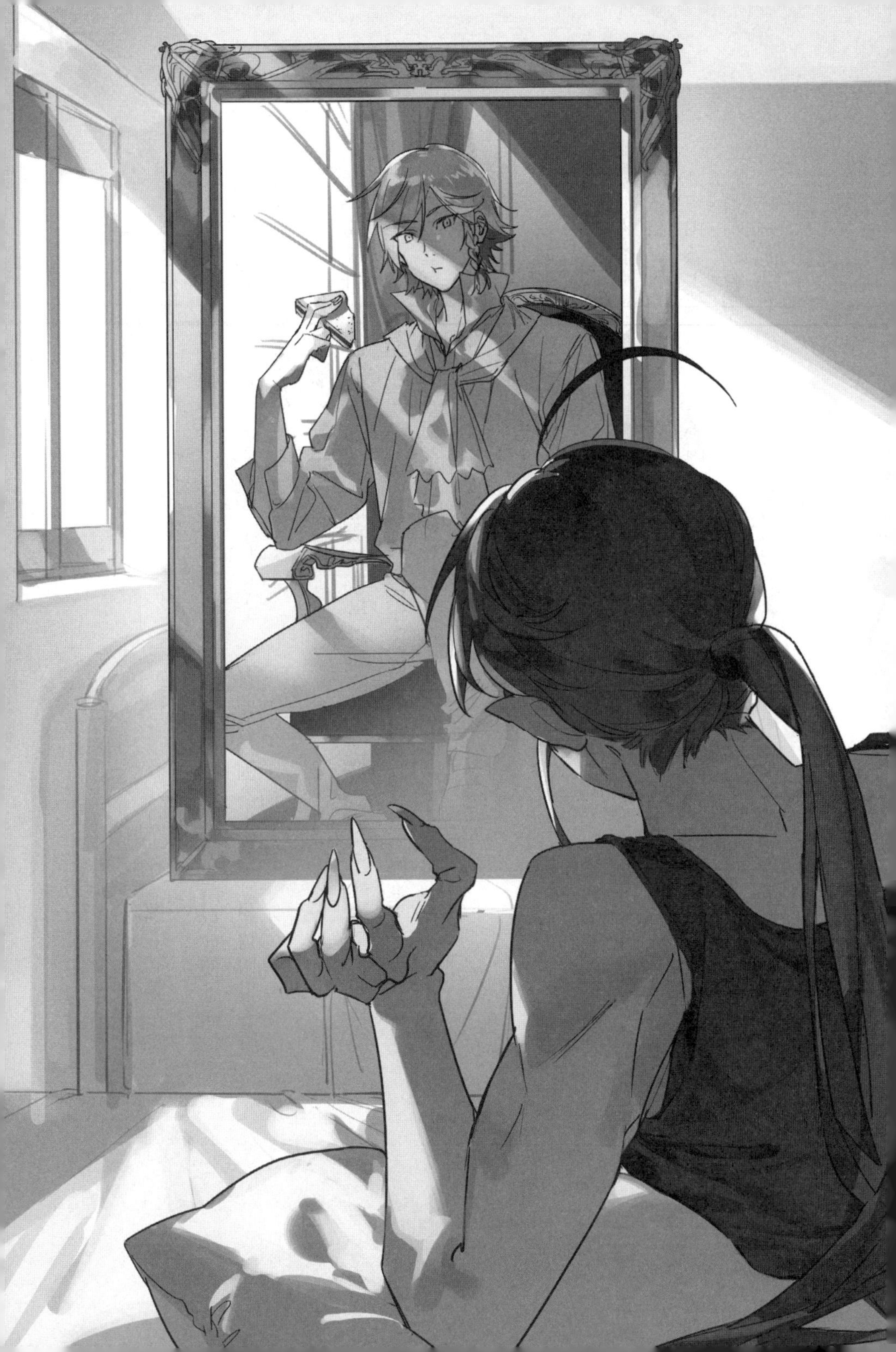

『你發什麼飆啦。』

說是這麼說,但國王剛聽說這回事的時候也失控了一瞬間。

不過他發飆的原因不是未婚妻如何,而是沒人通知他這件事,所以他便不顧自己先前的作為,光明正大地吐槽了伊雷文。一方面也是因為,國王聽說這回事的時候,利瑟爾的婚約已經成了過去式。

「啊?你跟我說,他未婚妻是誰?」

『就叫你不要發飆了。那是我們老早以前的敵國啦,現在已經締結了停戰協議。但那協議也是到了我這一代才簽定的,在我老爸那一代,兩國進入休戰狀態,雙方希望有個友好的證明,才說要各派出一個貴族聯姻。』

「喔……然後隊長正好適合?」

『嗯,無論地位或年齡上都是。』

當時,利瑟爾和聯姻對象都尚且年幼,因此這婚約一直都處在有名無實的狀態。雙方見過幾次面,但年幼的利瑟爾並不過再怎麼說,婚約仍然持續了好幾年。過了不久,兩國之間的情勢惡化,最後那個國家做出了不少好事,婚約就這麼告吹了。

由於上述原因,利瑟爾一直到不上不下的年齡都處在已有婚約的狀態,這也是他目前沒有婚約對象的原因之一。

「那陛下,你有沒有去調查那個未婚妻是什麼樣的人?」

『有啊。』

「所以她怎麼樣?」

『性格沒救。』

「笑死我啦!」

伊雷文拍著床鋪爆笑。

不對,假如利瑟爾的婚約還沒破局,這就笑不出來了。國王既然受過利瑟爾的教育,應該也有幾分紳士精神才對。這樣的人卻不假思索地批評利瑟爾的前未婚妻,表示對方應該是性格相當惡劣的千金大小姐吧,也難怪國王無法接受。

就在這時……

房門忽然打開,利瑟爾從門後走了進來。他悠閒地吃完了早餐,渾身散發著閒適溫煦的氣氛進門,卻看見伊雷文躺在他的床上,半空中飄浮著一扇窗口,他停下腳步。

「隊長,歡迎回來。」

利瑟爾難得發自內心感到驚訝。

見他默不作聲,只是眨了一下眼睛,伊雷文得逞似的揚起一笑。

吃完早餐,回到房間,利瑟爾赫然看見自己的愛徒正在和隊友氣氛和睦地聊著天。

利瑟爾的目光在兩人身上各停留了一下（雖然其中一人位於方框的裡側），心裡不免有些意外。他從來不覺得這兩人有可能意氣相投，實際上也感覺不到他們對彼此特別有好感。

不過這兩位確實都是面對初次見面的人，也能輕鬆交談的類型。只要有個共通話題，想必就能聊得熱絡吧，這麼擅長社交真不錯。利瑟爾在內心如此讚賞道，同時隱隱察覺自己正是那個共通話題。

他朝伊雷文走去，站在飄浮的窗口前方，與那方框面對面。

「陛下，早安。」

「嗯。」

「我不是請您避開晨起時間了嗎。」

「早就不早啦，你倒是很懂得把握機會，過得很悠哉嘛。」

他的前學生瞇細了一隻眼睛說道，利瑟爾有趣地笑了出來。

同時，他感覺到後方有人拉了拉他的衣襬。他毫不反抗地往下瞥了一眼，便看見伊雷文心滿意足地梳理那頭紅髮，動作間帶著點安撫意味。

他撇著嘴，舒服地瞇起了眼睛。

「這次是在特定座標打開窗口的實驗嗎？」

「好像是，不過聽說只能開在曾經打開過的地方。」

利瑟爾沉吟著點頭。

在此之前，窗口一直都是由耳環，也就是他前學生的魔力做為錨點。這一次卻使用了完全不同的方法，勢必也伴隨著與以往截然不同的困難，國王的兄長卻能在這麼短的時間內將其實現，真不愧是他。

不過，如果是以利瑟爾前學生的魔術為基礎，這倒也滿合理的。畢竟傳送魔術有著透過王族血脈世代傳承的神秘性質⋯⋯凡是曾經造訪過一次的地方，都能瞬間移動過去。

「那麼，就表示這次實驗成功了呢。」

『似乎是。』

「是為了節省輸出功率嗎？」

『對，他說做這實驗是希望能節約一點。』

國王的兄長替他想盡了所有辦法，利瑟爾雖然有點不好意思，但心情上卻也沒有太大的負擔。

自從能夠像這樣穩定接上窗口之後，國王的兄長屢次在交談中把他弟弟推開，連珠砲似的詢問利瑟爾一大堆問題。兩邊的魔力有沒有差異？濃度呢？另一個世界的魔道具技術如何？你在信上寫到的魔鳥騎兵團是什麼？歸根究柢，那邊的人為什麼把魔術稱作魔法？諸如此類。

後半段早就跟利瑟爾歸國沒關係了，而且從方框外側，還傳來其他研究員興奮無比地不斷提問的聲音。

沒錯，探索未知的魔術技術，同時也是他們一生的夙願。

『我一撥下預算給他們，那些傢伙馬上就為所欲為地做起自己想做的事情來。』

換言之，利瑟爾有一半是被利用了。

「感覺真不愧是隊長的國家欸。」伊雷文說。

「那是陛下的國家、陛下的下屬，所以跟我沒有關係哦。」

『說什麼鬼話，你不就是那些人裡面帶頭的嗎……哦？』

利瑟爾的前學生忽然將手伸到了方框之外。

他不知撥弄著什麼，朝著遠方喊了一聲，與框外的人說了幾句話，看來窗口差不多要關閉了。看這背景是魔術研究所，所以陛下說話的對象便是他的那位兄長嗎？

利瑟爾這麼想著，輕拍了拍伊雷文的頭髮。伊雷文腹肌一用力，便坐起上半身，打了個大呵欠。還有一個該看見的人不在房間裡，利瑟爾於是回過頭，開口向他詢問：

「夸特出去了嗎？」

「他看到陛下出現的瞬間就跳窗逃生了。」

他是有心理創傷嗎？呃，利瑟爾好像猜得到為什麼。

就在利瑟爾和伊雷文交談的期間，方框那一側的對話也告一段落。利瑟爾的

前學生告訴他，他們差不多要將窗口關閉了，利瑟爾於是挺直了自己沒鬆懈多少的背脊。

『那就這樣了，他說下次預計連到利茲那裡。』

「好的，恭候大駕。」

『紅髮的，你也別太為難這傢伙啊。』

「欸——」

『都讓你對我發牢騷了，這可是至高無上的奢侈待遇哦？』

看見伊雷文明顯不滿的反應，利瑟爾的前學生露出大膽的笑容，深深坐進了那張椅子。

那身影連帶著方框，逐漸像消融在空氣中一樣消失不見，利瑟爾目送著這一幕，直到方框的最後一角消失，都從未移開視線。對於這一個瞬間，自己仍然有點不習慣呀，他這麼想著，輕輕露出微笑。

接著，他回頭看向身後正隨手綁著頭髮的伊雷文。

「你跟陛下告狀了。」

「告狀了。」

「告狀了？」

看見伊雷文以指尖撥開綁好的長髮，不懷好意地衝著他笑，利瑟爾垂下眉梢，露出苦笑。

不愧是前盜賊團首領——不知這麼說對不對，但總之，這真是太過精準的報

復手段了。

在那之後,在不知不覺間回到房間的夸特目送之下,利瑟爾和伊雷文離開了旅店。

現在這時間已經來不及接委託了,不過還是能到附近的迷宮逛個幾層。

正好,在不必搭乘馬車也能抵達的範圍之內有座「不嗜甜就滾蛋的菓子工房」,兩人決定到那座迷宮看看,於是動身前往西邊的大橋。

從迷宮名便能看出它還沒被劫爾通關。他從靠近撒路思的迷宮一個個攻略過去,這座迷宮至今卻尚未被他攻克,可說是相當稀有了。利瑟爾和伊雷文先前就說過,有機會的話想兩個人一起進去看看,因此一聽利瑟爾提議前往,伊雷文便立刻點頭答應了。

「聽說它位在街道旁,是嗎?」利瑟爾問。

「對啊。裡面不曉得是什麼樣子,能吃的迷宮?」

「如果真是那樣,要踩在上面感覺很糟蹋呢。」

兩人氣氛和睦地聊著這種話題,從位在大橋前方的馬車候車處通過。露天的候車處只設有遮雨的屋頂,裡頭整齊排列著許多木製長椅。過了早晨的馬車尖峰時刻後,多半是空閒下來的馬車夫會負責整理這裡。沒有平時的混亂嘈雜,此刻的候車處成了個寂靜的地方,彷彿能感覺到石板地面的冷意。

裡面只有一個冒險者隊伍，他們在長椅上或坐或躺，盡情耍廢。是通宵忙委託了嗎？利瑟爾不經意望向那裡，忽然和其中一人對上了視線。那人從他躺臥的長椅上坐起身來，露出嘲諷的笑容開口：

「喲，一刀的跟屁蟲。」

「貴安。」

「貴……咦？」

光速遭人找碴，不過利瑟爾四兩撥千斤地化解掉了。

他一步也不停地走遠，從背後感覺到那些人目瞪口呆的視線。但兩人都毫不介意，若無其事地繼續聊起天來，踏上大橋。

悠閒地走了半座橋的距離，伊雷文的肩膀才終於忍無可忍地顫抖起來。

「噗、哈哈，隊長你那個應對方式……！」

「這辦法很不錯吧，不會引起什麼風波。」

被戳中笑穴的伊雷文和利瑟爾的笑聲在湖面上迴盪。

先前在王都旅店裡，利瑟爾聽過一個小女孩對艾恩他們說「貴安」，結果艾恩他們都傻住了，他印象很深刻。既然對方同樣是冒險者，這句話或許能發揮類似效果也不一定。利瑟爾抱持著這種想法嘗試了一下，效果十分卓越。

「隊長，你之前不是還喜歡接別人的戰帖嗎，已經沒興趣了喔？」

「那種找碴方式實在太了無新意了。」

「所以你提不起勁？這原因超有冒險者架式欸。」

「對吧？」

利瑟爾一臉自豪地這麼說道，伊雷文見狀也笑了。

在伊雷文看來，利瑟爾本來可是一人之下、萬人之上的宰相，他明明擁有那麼崇高的地位，為什麼還能對身為冒險者這麼引以為傲？這實在是不解之謎，但反正利瑟爾樂在其中就好。

吐槽他的時候當然沒看到」的原因所在，但那種事，伊雷文覺得完全不關他的事。

因此，利瑟爾在往後的冒險者生涯中，也會繼續為了奇怪的事情感到自豪吧。

「話說回來，那種人在劫爾和我們同行的時候，都不會來找碴呢。」利瑟爾說。

「沒實力又沒骨氣的雜魚，沒救啦──」

「從他們找碴的理由看來，劫爾也是當事人才對，只排擠他一個人可不行。」

「隊長，你那樣解讀好像不太對。」

兩人就這麼閒聊著，走過能容納兩輛馬車錯身而過，寬度還綽綽有餘的大橋，目的地那座迷宮就在距離這裡不遠的街道上。在往西南方延伸的街道起點，有一座門扉堂而皇之地坐落在那裡。時常路過的居民已經對這扇門習以為常，它甚至在一部分嗜甜人士之間非常有名，因為路過它的時候總讓人肚子餓。

「喔──好甜的香味。」

「真令人期待。」

看見伊雷文滿臉愉悅地嗅聞氣味，利瑟爾也高興地瞇細了眼睛，笑著這麼說道。

那扇門扉周遭充盈著甜美的香味，似乎是從迷宮中洩漏出來的。以劫爾為代表的一部分厭惡甜食者非常嫌棄這點，不過還是有許多人通過街道時，期待聞到這股甜香。

再走近一些，利瑟爾也聞到那甜美的氣味了。

門扉逐漸進入視野，那扇門運用了原本用於製作莊嚴彩繪玻璃的技術，描繪出各式各樣的甜點。奢華的造型之中混入了輕鬆流行的元素，也有許多冒險者因此感覺到一股難以言喻的尷尬，覺得「那種東西不適合老子這種類型的人啦」。

「好像展示櫥窗哦。」利瑟爾說。

「都做成這樣了，要是攻略過程中啥也吃不到就是詐騙了喔。」

「很難說哦，我在書庫迷宮裡也一本書都沒讀到。」

「隊長，你該不會記仇了吧？」

「有一點點。」

他回想起那座出現在阿斯塔尼亞的新迷宮：「非人之物的書庫」。

一座那麼精美的迷宮，卻連一本書也讀不到，利瑟爾的鬱悶可是根深柢固了。

沒辦法，迷宮就是任性──他確實是抱持這種心態放棄了，但與此同時，他至今仍然忍不住會想：以迷宮的能力，把其中每一本書都做成可以閱讀的真書也不成問題吧？

「假如出現甜點魔物怎麼辦呀？」利瑟爾說。

「那我可能沒胃口吃欸。」

「希望迷宮裡能吃到美味的甜點。」

「隊長，我也會分你吃的。」

看見利瑟爾回以微笑，伊雷文也得意洋洋地瞇細雙眼，踏入那扇門扉。

開門見山地說，這裡簡直是天堂。

「伊雷文，這也能吃嗎？」

「全都能吃！」

伊雷文往手上抓著的蛋糕咬了一大口，另一隻手靈巧地轉動叉子。看見新端上桌的盤子，他也揚起了唇角，轉眼間將盤子掃空，又將空下來的叉子刺向下一塊蛋糕，張大嘴將那塊擠滿鮮奶油的美味蛋糕放入口中。

這座迷宮根本是糖果屋了，各種東西都由甜點構成。

──不過，只是看上去像那樣而已，迷宮並非由真正的甜點構築而成，那只是仿製品。不過這麼一來比較便於攻略，因此利瑟爾他們只是讚嘆欣賞，並不感到可惜。他們實在不想在鞋底上沾滿鮮奶油和海綿蛋糕。

一反原本的預期，迷宮裡只隱約飄散著甜香，除非真的特別討厭甜食，否則也不至於一聞就胃裡反酸。就像走在路上，聞到不知何處飄來的烤點心香氣那樣，只

有淡淡的甜味。

「我看撒路思根本不需要甜點店了吧。」伊雷文說。

「不過你想想，冒險者以外的人都沒辦法進來呀。」

「也是啦，而且味道普普通通的話也會吃膩嘛。再來一盤——」

這房間中央擺著一張桌子和兩張椅子。

伊雷文坐在那裡，理所當然地催促他端來下一盤，利瑟爾見狀露出微笑。伊雷文已經吃掉了好幾個蛋糕，食欲卻一直不見減退。能多吃是好事，利瑟爾點了一下頭。

接著，他重新面向牆壁，四面牆都擺滿了展示櫥窗。

櫥窗裡滿滿都是同樣規格的白色盤子，不過上頭的蛋糕沒有一個是相同的。利瑟爾仔細看過它們，有點欠缺自信地拿起一個盤子。

「我想應該是這個吧。」

「好難得看到隊長對迷宮裡的解謎沒信心喔。」

「我不太熟悉蛋糕的名稱呀。」

利瑟爾面露苦笑，垂下目光，看向桌面一角。

那裡貼有一塊牌子，上頭刻著一個句子：「串起十個，結束在第十一個，門扉開啟。」要如何解釋都可以，但利瑟爾認為這指的是文字接龍。

順帶一提，剛開始伊雷文還說「把十一個蛋糕捲接在一起感覺能過關」，兩人

於是嘗試了一下，但桌子上擺不下十一個蛋糕捲，他們便放棄了。假如桌子長度足夠，感覺迷宮很可能會判他們過關。畢竟迷宮裡的正確解答永遠不只一個，即便是不太清楚蛋糕名稱的冒險者，想得到辦法的人還是會有辦法通行。

伊雷文將那些蛋糕捲吃得一乾二淨，現在兩人正在嘗試利瑟爾的文字接龍理論。

「你真的不需要配飲料嗎？」

「不用、不用。」

「我可以幫你準備紅茶哦。」

「真的不用啦。」

伊雷文滿臉堆笑地推辭。

確實，利瑟爾的腰包裡不知為何裝著一整套茶具組，而且不知為何還備有優質茶葉。但伊雷文好歹也是個冒險者，實在沒有那個意願在迷宮裡度過優雅的午茶時光。

但蛋糕他還是會吃，這是攻略所需，不算在內。

「反正在你煮熱水的期間我就吃完啦。」

「這麼說也對，要是我能夠一秒將水煮沸就好了。」

「這麼一說，我好像沒看過會做這件事的魔法師欸。」

「如果能辦到，那會是魔法學院立刻過來網羅人才的重大發現哦。」

利瑟爾這麼說著，將第十一盤蛋糕放在伊雷文面前。

最後一盤是蒙布朗。只有這一盤從一開始就決定好了，總算是設法接龍到這裡，利瑟爾暫且鬆了口氣。只用他知道名稱的蛋糕接龍到第十一個詞，實在是相當困難的一件事。

「來，拜託你了。」
「我開動啦——」

伊雷文吃完後，兩人便氣氛融洽地穿過了打開的門扉。

這裡是迷宮，當然也有魔物出沒。

滿是補釘的布偶坐在飄浮的杯子蛋糕上、藏有暗器的拐杖糖、形狀扭曲的薑餅人、糖雕的兇暴植物⋯⋯這些可愛又兇悍的魔物擬態為風景的一部分，再突然襲擊而來。

一反這座迷宮「菓子工房」的主題，攻略難度還滿高的。

「上面都黏答答的！」

與這些魔物交戰過後，伊雷文看著黏在雙劍上的甜點殘渣發出哀嚎。

「這到底要怎麼保養啊⋯⋯唔哇，根本清不掉——！」
「所以我才請你把魔物交給我處理呀。」
「可是我不想要那樣嘛！」

伊雷文嚷嚷著抱怨，一邊將拐杖糖砍成兩截。

利瑟爾露出苦笑，盡可能瞄準鮮奶油類和糖果類的魔物，將牠們搶先擊倒。以伊雷文那對雙劍的性能來看，無論砍了多少甜點也不至於傷到需要替換的程度，但劍刃還是免不了變鈍一些，因此他很快放棄揮舞雙劍，將他庫存的小刀當作拋棄式的使用。

「我要去跟大哥借保養用具。」

「用一般保養方式清得掉嗎？」

「感覺很難說欸，清不掉的話我就拿到鐵匠鋪去。」

不過這麼一來，就得面對被鐵匠罵到臭頭的未來了。

看見有人將最上級品質的劍沾滿糖蜜和鮮奶油送過來，鐵匠不曉得作何感想。

「隊長，打頭目之前能不能先讓我清理一下啊！」

「啊，已經快到頭目了嗎？」

「我猜的。」

利瑟爾射殺了最後一隻魔物，和伊雷文並肩往前走。

迷宮越往深層，魔物也會變得越發棘手，經驗豐富的冒險者能從這方面的變化猜測整座迷宮一共有多少階層。利瑟爾的經驗還差得很遠，不過劫爾和伊雷文好像都能隱約察覺得到。

真是太可靠了，利瑟爾點點頭，從一扇巧克力門前方通過。

「我們現在在第九層，照你這麼說，一共是十層囉？沒想到這座迷宮這麼

「也很合理啦,這裡動不動就要吃東西欸。」

「幸好有你在,真是幫大忙了。」

利瑟爾微笑說道,伊雷文也得意洋洋地笑了。

回想起來,每一層確實都至少有一個與甜點相關的機關,還有只有在舔舐糖果時地板才會出現的階層,以及必須將迷宮準備的甜點全部吃光才能開門的簡單關卡。要不是有伊雷文在,無論再怎麼嗜甜的人,來到這座迷宮一天頂多也只能前進一層吧。

利瑟爾也非常努力,不過他只吃兩盤蛋糕就吃不下了。

「一直到昨天,我還懷疑世界上怎麼可能會有劫爾無法通關的迷宮。」

「大哥從今天開始就能通關啦。」

「哎呀——不好說喔,這也要看頭目吧。」

「假如我們打倒了頭目,感覺他會叫我們直接帶他去挑戰頭目呢。」

「假如是個像巨大巧克力噴泉一樣的頭目,那感覺他就無法接受。說到底,他真的有辦法靠近迷宮大門嗎?不對,還是擠滿了鮮奶油他比較無法接受。」

奇……兩人聊著這個話題,往迷宮深處前進。

當晚,兩人從迷宮歸來,回到了旅店。

四人當中最後一個回到房的劫爾，一打開房門便皺起了臉。

房間裡，利瑟爾正坐在椅子上替伊雷文擦頭髮，伊雷文坐在地板上讓他服務，而夸特則在利瑟爾背後，不停抽著鼻子嗅聞氣味。

劫爾原本猜測房間裡應該堆滿的東西一個也沒看見，但那股隱約的甜香還是讓人無比介意。

「……你們給我去沖澡。」

「大哥，你沒瞎吧？」

「味道有那麼重嗎？我和伊雷文已經聞不出來了。」

味道多半就是從那兩個剛沖完澡的人身上散發出來的。

劫爾儘管不情願，還是放棄抵抗地走進房間，將窗戶全數打開。特地為此另租一間房也麻煩，只好忍耐了，幸好氣味沒再變得更濃。

「你們是幹了什麼才弄成這樣？」

「是迷宮啦，大哥，你應該也聽過，就是那座聞起來香香甜甜的迷宮。」

「那一座啊……」

劫爾也有印象。

畢竟那是距離撒路思很近的迷宮，他打從一開始就往那裡去，然後一到門口就折回了。

他一步也沒踏進去，但心裡只有不祥的預感。那顯然是座跟他水火不容的迷宮。

「頭目呢？」劫爾問道。

「我們打倒了哦，是一隻巨大棉花糖構成的魔物。」

「真的是怎麼砍都沒用欸，我都不知道該怎麼辦了。」

順帶一提，一經切開，棉花糖裡的草莓果醬就氣勢驚人地噴湧而出，甜美與驚悚元素交織成了一個迷幻空間，光看畫面實在是慘不忍睹。

聽到這裡，劫爾非常乾脆地放棄挑戰，他甚至都覺得自己會輸了。他在自己位於窗邊的床鋪上坐下，逃離那股甜味，從來不曾像此刻這麼慶幸搶到了這個位置的床。

為了轉移注意力，他拔出大劍，想專心保養武器。正當他準備拿出保養用具的時候……

「啊，大哥，你那個借我一下。」

「又怎麼了啦。」

「你看這個，很慘吧？」

正讓人擦著頭髮、一臉享受的伊雷文探出了身體，拿起雙劍。劫爾往那邊一看，伊雷文正好剛拔出劍身，他不禁蹙眉。那上頭沾滿了糖絲和油分，真虧它還能收得進鞘裡。狀態慘不忍睹，就連劫爾也難以忍受。

再怎麼說，劫爾畢竟也是利瑟爾口中的刀劍收藏家啊。

「這何止是慘啊。」

「有沒有辦法清理啊?」伊雷文問。

「沒辦法。」

「保養用具一用在這上面就得報廢了吧?所以你的借我。」

「你怎麼會覺得你借得到⋯⋯」

「借我嘛、不借──」側眼看著兩人鬥嘴,利瑟爾便將伊雷文那頭紅髮擦乾了。

用毛巾擦拭過後,再喚來輕柔的風將它吹乾,將紅髮整理到滿意的狀態,最後梳過那髮絲一、兩次。接著利瑟爾微微屈身,將鼻尖湊近紅髮,輕輕嗅了嗅味道。

果然還是聞不到甜味。

既然如此,他回頭望向站在後頭的夸特,問:

「還有甜味嗎?」

「有。」

夸特篤定地點頭說道,利瑟爾為難地垂下了眉梢。

177

利瑟爾一個人，悠閒地坐在馬車候車處的長椅上。

他手中拿著一封信，沉穩地閱讀上頭的文字。此時正值午間，清閒的馬車夫們紛紛在遠處觀望著他。那群人有點吵鬧，因為他們懷疑這個人可能都搭乘專屬馬車，不曉得怎麼搭共乘馬車……利瑟爾要融入撒路思的日子還相當遙遠。

不過，多虧了先前載過利瑟爾一次的馬車夫出面解釋，上述的疑慮也就獲得澄清了。

「（時間好像差不多了……）」

利瑟爾從信上抬起視線，望向敞開的城門另一側。

一片白雲偏多的藍天，在這種好天氣搭乘馬車旅行，一定相當舒暢吧。利瑟爾手上那封信的寄件人是賈吉，上頭寫著他三天後將要拜訪撒路思。從信上記載的日期再往後數三天的日子，就是今天了。

信上說，他將會在關店後出發，因此將會在外野營一晚，算起來差不多該抵達了。

聽說史塔德也會一道同行，那麼毫無疑問，他們肯定能平安無事地抵達撒路思。

「（他們來得比想像中還要早呢。）」

利瑟爾輕輕笑了出來。

穩やか貴族の休暇のすすめ。

041

自從他將據點轉移到撒路思之後，時間還沒經過多久。這裡不同於阿斯塔尼亞，是只要早點出發，就不必在外野營也能抵達的距離，想從王都稍微來玩個幾天也能輕鬆成行。

有馬車聲逐漸接近，這是利瑟爾來到候車處之後第三次了。像前兩次一樣，他不經意往那裡看去，這次卻不同於以往，露出了微笑站起身來。當他看著車夫席上熟練地向門衛辦理手續的身影，忽然有張熟悉的面孔自馬車後方冒了出來。

那人目不轉睛地朝這裡凝視了一會兒，接著踏著毫不遲疑的腳步往這裡走來。看見那人堂而皇之的腳步，車夫席上傳來慌忙的聲音叫住他。手續還沒辦理完畢，門衛剛要將他攔下，那人便淡漠地將必要的確認事項一連串說完，聽得門衛啞口無言。

然後，史塔德便光明正大站到了利瑟爾面前，彷彿自認手續已經辦完了。利瑟爾瞇細了雙眼，笑著向他表示歡迎。

「舟車勞頓辛苦了，史塔德。」

「好久不見。」

「等、史塔德你等一下……！好久不見了，利瑟爾大哥！」

眼見賈吉順利取得了通行許可，駕著馬來到他們面前，利瑟爾也朝他露出了笑容，為這場再會感到欣喜。

兩人沒搭共乘馬車，這次是由賈吉駕著店裡的馬車前來，於是他先去將馬匹和馬車交人託管。

既然都到了中午，三人便一道前往餐廳。走在街上的賈吉和史塔德似乎已來過撒路思幾次，並不顯得特別驚奇。賈吉甚至比利瑟爾更瞭解撒路思的各種商鋪名店，現在三人準備前往的餐廳就是賈吉提議的。

「長時間乘坐馬車，你們應該都累了吧？」

「不會，中間有停下來野營，而且只坐個半天沒問題的。」

「賈吉很習慣搭乘馬車旅行了呢。那史塔德呢？」

「完全不累。」

賈吉露出靦腆的笑容，而史塔德毫無感情地回答，兩人身上都穿著休閒服，這樣真不錯，看上去就像是專程來這裡玩的，感覺頗為新鮮，利瑟爾也不禁露出微笑。他們在王都也曾經這樣一起走在街上，不過換到其他國家，就有種陌生的新鮮感。

由賈吉帶路，眾人一起踩著石板地前行，三人份的腳步聲落在水路上。

「對了，前陣子因薩伊爺爺有來過哦。」利瑟爾說。

「咦，爺爺他應該不是專程來找利瑟爾大哥的吧……？」

「我猜他是來談生意的。我也偶然和他們同桌吃了頓飯，對方是一位彬彬有禮

穩やか貴族の休暇のすすめ。⑰

043

「啊,原來是那位。」

賈吉心領神會地說道。

看來他也認識那位老紳士。利瑟爾才剛感到疑惑,便立刻想通了。畢竟老紳士可是與因薩伊做過正經生意的貿易對象。關於這方面,利瑟爾向老紳士探問什麼,但他肯定是足以代表撒路思的大型商會首長不會錯。

「賈吉,那位老紳士也是你的貨源之一嗎?」

「不是的。我確實透過爺爺的人脈和他見過面,對方也說有什麼事都歡迎找他幫忙,但我還是、那個,不太好意思⋯⋯」

賈吉支支吾吾地說道,顯得有些尷尬,利瑟爾和史塔德都投以疑問的目光。

就連王都中心街的高級商鋪都是賈吉的客戶,事到如今有什麼好不好意思的?總不會是因為對方的商會規模太大吧,賈吉可是有因薩伊這位在這類商人之中成就首屈一指的爺爺。

但在他開口之前,史塔德便立刻打岔道:

察覺兩人的視線,賈吉意識到自己的失言,連忙想出言辯解。

「簡單說,你只是不擅長應付他而已。」

「呃,沒有啦,每次來到撒路思我都會跟他打聲招呼。」

「意思是做為工作對象,你不擅長應付他。」

「這……因為,爺爺他也不是把那位先生當作交易對象介紹給我的嘛。」

「對啦,我是有點不擅長應付他……!」

賈吉被史塔德駁倒,委屈地拱起了背脊,利瑟爾不禁苦笑,摸了摸他的背以示安撫。

「也就是說……」

利瑟爾撫摸的賈吉。

「做生意的事我不太懂,不過那位老紳士見識淵博,是位令人欣賞的人呢。」

即使同為商人,也不一定要成為工作上的交易對象。不談工作,在私底下能和睦相處,便已經足夠了。史塔德也完全沒有責備他的意思,因此一臉不爽地看著被利瑟爾撫摸的賈吉。

「啊、是的,利瑟爾大哥說得沒錯,他的舉止也非常穩重。」

「我也曾經拿過手杖,不過完全不覺得自己拿起來能像他那麼適合。」利瑟爾說。

「手杖……」

史塔德漠無表情的臉轉向利瑟爾。

「怎麼了?」利瑟爾問。

「曾經有委託人問過我,為什麼這裡沒有拿手杖的魔法師。」史塔德說。

「冒險者,拿手杖?」賈吉問道。他也不明白那位委託人這麼問的意思,一臉不可思議。

不過，利瑟爾卻有了點頭緒。在說出自己的猜測之前，他決定先滿足好奇心，於是問史塔德：

「結果呢，你怎麼回答他？」

「我說，應該是因為比起手杖，小刀等武器揮舞起來較為靈活。」

「戰鬥用的手杖長什麼樣子呀……像細長棍棒之類的嗎？我在迷宮品裡面好像沒見過……」

毫無疑問，這是瞭解第一線作戰情形的公會職員，以及做冒險者生意的道具商人的意見。

利瑟爾有趣地笑了出來，心領神會地點點頭。在阿斯塔尼亞聽過那些故事之前，利瑟爾多半也會提出和他們相同的意見吧。不過到了最近，王都的孩子們似乎也有了類似的想像。

「那位委託人一定來自阿斯塔尼亞吧。在阿斯塔尼亞的繪本裡，魔法師會拿著手杖使用魔法哦。」

「明明是魔法師，卻不用魔法，反而拿杖擊殺嗎？」

「不是的，並不是做為鈍器使用。」

「是因為很多魔法師在崎嶇的道路上走不太穩嗎？」

「也不是因為他們腰腿不好。」

阿斯塔尼亞魔法師的名譽差點要遭到嚴重損害。

魔法師在阿斯塔尼亞本來就比其他各國更加稀少了，可不能讓他們遭遇更加悲慘的待遇，利瑟爾立刻糾正了兩個年輕人認真提出的假設。

不過利瑟爾自己也不知道明確的原因就是了。

他只是在某個機會下，偶然從納赫斯和亞林姆口中聽說，阿斯塔尼亞人都覺得這很理所當然而已。該怎麼回答才好呢？一陣風吹過巷道，他邊想邊將吹亂的頭髮撥到耳後。

「可能是以施放魔法的冒險者為原型吧，因為冒險者發動魔法時拳頭容易用力，為了不傷到手才需要握著東西。」

利瑟爾認真思考過一陣子，只想到這個可能。

沒辦法，他在亞林姆的書庫當中翻遍了歷史相關的書籍，也沒看見相關的解釋。

「原來如此，非常合理。」

「這麼說來，確實聽冒險者說過施放魔法要靠氣勢呢。」

史塔德和賈吉露出撥雲見日般的表情說道，只要結果老是把一切都給圓滿，就算不是因為他們平常老是把「一切都給圓滿」，就一切都好。

冒險者給人的印象就是這樣，還不是因為他們平常老是把一切都給圓滿，就算不是因為他們平常老是把「魔法的訣竅？不就是氣勢和毅力」這種話掛在嘴邊，大家才會覺得這種解釋很合理。不過冒險者當中的魔法師絕大多數都絲毫沒接觸過魔力理論，這也算是他們認真給出的答案了。

法杖的真相，就這麼被埋沒在黑暗之中……雖然利瑟爾的說法也不是完全不可能為真就是了。

「啊,我們在這裡右轉。」賈吉說。

「我幾乎沒走過這個方向呢。」

「利瑟爾大哥,你很少到首都去嗎?」

一行人沿路走到底,來到一條寬廣的水路旁,在賈吉的敦促之下往右拐。水路裡不時有各式各樣的小船流過,貨運船、攤販船都有。前者的船夫緩緩划著槳,後者則是有老闆悠閒地坐在醒目的遮陽篷底下。也有些人不是為了工作,只是像躺在草地上休憩一樣,躺在小船裡隨著水波搖盪。

這是撒路思隨處可見的日常風景。利瑟爾尚處於對知名景點感興趣的時期,而賈吉準備帶他們前往的,似乎就是利瑟爾還未涉足的地區了。

「我到首都去看過那尊知名的國王雕像。」利瑟爾說。

「那尊雕像意外地小呢。」

「是呀,比想像中更接近一比一的尺寸。」

賈吉好笑地聳了聳肩膀,利瑟爾也笑了開來,不經意望向水路。驀然間,他好像看見一個熟悉的白袍身影躺在船上,臉上蓋著一本書漂流而過。他在小船搖盪之中想事情嗎?利瑟爾目送那人逐漸遠去,轉而問史塔德:

「那史塔德,你來過撒路思嗎?」

「有,不過我沒去過冒險者公會以外的地方。」

兩人彷彿能看見史塔德一直線前往冒險者公會,然後一直線踏上歸途的情景。

史塔德完全沒有那種難得來一趟撒路思，還是順道觀光一下的想法。他並不是太想念王都，也不覺得那裡是他該回去的家，只是因為該辦的事都辦完了，留在這邊也沒事做，所以理所當然地打道回府而已。他不是那種會享受繞到其他地方閒逛的類型。

而像他這樣的人，今天卻特地過來玩。利瑟爾寵溺地瞇細雙眼，笑著看向史塔德說：

「那我們今天就多到幾個地方逛逛吧。」

「好。」

史塔德淡然點頭，高興得彷彿身邊都飛出小花來。

「這麼說來，史塔德，你也認識撒路思的公會職員？」利瑟爾問。

「也沒有熟到稱得上認識。」

「我好像只認識王都的職員……兩邊有什麼差別嗎？」

賈吉納悶地這麼問道，利瑟爾也沒賣關子，直接告訴他：

「這裡的公會職員全部都是女性哦。」

史塔德點頭附和，賈吉詫異地眨了眨眼睛。

雖說時常與冒險者打交道，但賈吉對冒險者的觀感與一般民眾沒什麼區別，也屢次見過異性抱怨遭到奇怪的冒險者糾纏。說到底，冒險者這個族群本來就以本性粗暴的人居多，因此不太受女性歡迎。

因此，儘管賈吉只去過王都的冒險者公會，一聽也知道那是十分罕見的事情。尤其是他還見過史塔德直接行使職權讓大打出手的冒險者閉上嘴巴，就更加訝異了。不過另一方面，可能也是因為難以想像史塔德闖進一個充滿異性的空間裡吧，就算是去洽公也一樣。

賈吉實在太驚訝了，意想不到地喃喃說：

「史塔德，沒想到你還去過那樣的公會呀……」

「你一個人去嗎？」

「是的。」

順帶一提，史塔德造訪時，在撒路思的公會職員之間掀起了一陣騷動。

就算面無表情又不帶感情，這再怎麼說也是個年輕男子。她們平常面對的都是一群粗莽的冒險者，一看見貌似比起打鬥更擅長業務工作的史塔德，立刻興奮得蠢蠢欲動。事實上，史塔德出手的速度可比一般冒險者快得多了，只是她們無從得知真相。

毫無變動的淡漠表情，一旦掛上了「睽違許久的異性職員」這個屬性，也被賦予「好有神秘感哦」這種非常正面的解讀。王都的職員要是知道了，多半會擔心她們的心理狀態吧。

話雖如此，她們也是具備專業素養的公會職員，奉行著「出勤時間不發情」的座右銘，公私分明地完成了分內的業務。

不過只要完成了工作，之後愛做什麼就是她們的自由了。「同為公會職員，要不要一起吃個飯交流一下呀？」她們正打算以完全聽不出內心有多麼波濤洶湧的端莊嗓音邀請史塔德，只是……

「我簽完必須署名的文件，就立刻回王都了，所以對那裡沒什麼印象。」面對立刻走掉的史塔德，當時的她們不禁跌坐在地。

「全都是女性的地方，待起來還是有點不自在哦。」賈吉說。

「伊雷文好像完全不介意哦，他經常去那種巧克力專賣店。」

「我也不在意。」史塔德說。

「大家都好厲害哦……那、那利瑟爾大哥你呢？」

「我會意識到這件事，不過不至於感到退縮。」

利瑟爾踏上坡度悠緩的弧形拱橋，邊想邊這麼回道。來到只有女性的場合，他多少會配合環境改變自己的舉止，但並不覺得有多尷尬。不過，他也能理解賈吉的意思。即使不至於覺得自己來錯了地方，但還是難免感到格格不入吧。

「這只能多習慣了呢。」

「我想也是哦……」

聽見利瑟爾安慰似的這麼說，賈吉也放棄似的垂下肩膀。難道是向賈吉進貨的商鋪裡有女性較多的店家嗎？正當利瑟爾這麼想的時候，

他忽然看見前方有個熟面孔跑了過來。

「啊……」

「你好。」利瑟爾打了招呼。

「你、你好。」

是不久前那名少年。為了避免空間魔法發生爆發，利瑟爾透過教授轉交過魔石給他。

少年一看見利瑟爾，便放緩了腳步。眼見利瑟爾停下步伐，賈吉他們也跟著停步。少年有些尷尬地看了看賈吉和史塔德，不過還是做好覺悟似的重新轉向利瑟爾。

「那個，我想問你有沒有看到老師……」

「如果你是說那位教授，他剛才漂過去囉。」

「我就知道……！」

少年緊緊皺起眉頭，環顧整條水路。

他趴在欄杆上，一艘艘瞪視水上的小船，確認過要找的人不在任何一艘船上之後，便打算再次邁步奔跑。但在離開之前，少年緊急煞住腳步，直起了即將前傾的身體。

他掛在脖子上的純黑魔石項鍊隨著動作晃了晃。

賈吉輕輕「啊」了一聲。

「呃,謝謝你給了我這個⋯⋯對了,也謝謝你告訴我老師在哪裡。」

「不會,兩件事都比較像偶然的機緣。教授指導過你魔石怎麼使用了嗎?」

「嗯⋯⋯萬一我在朋友面前吐出來怎麼辦⋯⋯」

少年引以為恥似的,面色凝重地這麼說道,利瑟爾面帶微笑看著他。對這年紀的孩子而言,在朋友面前嘔吐,是和足以炸掉整個國家的魔力爆發同等嚴重的事件吧。倒不如說後者聽起來實在太不真實了,前者的問題比較貼近生活,感覺上說不定還更具威脅性呢,雖然他吐的也只是魔力而已。

眼見少年以指尖撥弄著魔石,低下頭去,利瑟爾耐心勸導似的說道:

「你只是將不需要的魔力排出體外而已。」

「⋯⋯他們說不定會說我很奇怪。」

「如果換做是你,親眼看見了未知的魔法會怎麼想?」

聽見利瑟爾這麼問,少年猛地抬起臉來。他的神情當中已經沒有不久前的不安,反而清晰浮現著另一種危機感。

「我會被他們逼問⋯⋯!」

不愧是魔法學院的孩子,而且成年的學者們還更具威脅性吧。

不過,少年剛才也用嘔吐形容排出魔力的過程,可見他已經順利和現役的空間魔法師說上話了。利瑟爾見過的空間魔法師都是溫厚和善的大人,相信他們肯定也仔細教導了少年控制魔力的訣竅。

換句話說，少年應該不至於被學者和同儕們輪番質問，因而犧牲掉三天三夜的吃飯和睡眠時間。

就連那位知道內情的教授，願意出面保護他的機率大概也是一半一半，這方面只能靠少年自己努力了，畢竟教授可能會搶第一個跑去逼問他箇中原理。

「我絕對會控制好的！」

「好，要加油哦。」

「嗯，謝謝你！」

如果他燃起了幹勁就太好了。

少年堅定地宣告完，便邁開腳步跑走了。希望他能順利與教授會合，利瑟爾這麼想著，目送他離開，接著再一次邁步往前走。走在他身旁的史塔德立刻發問：

「那是誰？」

「是魔法學院的學生。我們曾經接過來自學院的委託，他們想請能夠使用魔法的冒險者過去演講。」

「像騎士學校的委託那樣嗎？」

「比那裡的委託氣氛更和睦呢。」

或許是接受了這個答案，史塔德點了一次頭，便閉上嘴，不再多說什麼。

相反地，賈吉卻欽佩地回過頭去，看向那名少年。

「原來是魔法學院的學生，還這麼小就要去念書啊……」

「在你看來，絕大多數人都很小吧。」史塔德說。

「我、我不是說體型啦。」

「到學院做研究，好像跟年紀沒什麼關係哦。有很多小朋友是因為想知道的事情太多，回過神就已經跑到學院去一探究竟了。」

好厲害哦……賈吉發出讚嘆的聲音。

聽見他這麼說，利瑟爾不禁覺得好笑，表情更柔和了幾分。賈吉在和那名少年相仿的年紀，便也到冒險者公會去幫忙鑑定了。聽說他的鑑定眼光無比精準，當年就能與隸屬於公會的鑑定士負責完全相同的工作。從旁人的眼光看來，這也是件十分厲害的事情。

雖然沒有必要比較，但人總是很難察覺自己擁有的東西呢，利瑟爾這麼想道，不禁露出微笑。

利瑟爾自己也沒資格說別人，不過能吐槽這點的人剛好都不在場。

「剛才那孩子，也有想知道的事情嗎？」賈吉問。

「他好像是對魔力中毒感興趣哦，因為他父母的發作症狀很嚴重。」

「啊，對哦，撒路思還有這個問題。」

似乎剛想起這件事似的，賈吉眨了兩、三次眼睛。

三人通過橋梁，經過道路正中央一座小小的噴泉，踏上一條較為寬敞的街道。那座噴泉似乎已不再運作，路過的行人也晃動著裙襬直接從它近處走過。不知那座

噴泉叫什麼名字?利瑟爾這麼想著,忽然察覺史塔德散發出了略顯不悅的氣息。

「史塔德,你曾經出現過魔力中毒的症狀嗎?」利瑟爾開口問道:

該不會……利瑟爾開口問道:

「對。」

簡短的肯定答案當中,隱含著一點不服氣。

從史塔德的魔力量看來,他確實不太可能與魔力中毒完全無緣。待在王都的時候不太需要擔心,不過史塔德應該也造訪過魔礦國卡瓦納的冒險者公會幾次。

「哇……那是什麼感覺呀?」賈吉問。

「靜電非常嚴重。」

問話的賈吉語氣中透出一點好奇,但聽見這意想不到的答案,他腦中頓時一團混亂。

「不管碰到什麼都劈啪作響,太煩人了,我把它冰凍了好幾次。」

「你、你把什麼東西冰凍了?」

「手啊。」

「手……?」

這應對方式也不能說錯,實在難以評論。

這時,利瑟爾忽然察覺賈吉驚訝地睜大眼睛,不停來回看著他和史塔德,似乎是擔憂利瑟爾也同樣為靜電所苦。

賈吉為了進貨等原因，經常造訪各種不同的地方，不過他基本上還是個現居帕魯特達、土生土長的帕魯特達爾國民，與魔力聚積地無緣，對魔力中毒不甚瞭解也很正常。

他一想像利瑟爾遭受靜電所苦的模樣，便立刻在腦中挑選有改善效果的商品了。這些精心挑選的商品就推薦給史塔德吧，他迅速轉換了思路，簡直是商人的典範。

賈吉安心似的呼出一口氣。

「賈吉，每個人魔力中毒的症狀都不一樣哦。」

「啊，原來是這樣，那太好了……」

「哦，這年輕人長得可真高啊。」

「咦、啊……！」

「我是在稱讚你啦。」

「那麼利瑟爾大哥的、那個……」

說話的是個不認識的老婆婆。

她在走過一行人身邊時這麼攀談，拋下慌張的賈吉，笑著離開了。

利瑟爾來到撒路思的時日尚淺，不過也感覺得出撒路思國民普遍以親切熱情的人居多。但這種特質有時也會造成反效果，比方說伊雷文討厭的那些只重視魔力的人，以及不允許別人將魔力中毒症狀表現在外的懷舊主義者皆屬於此類，雖然後者

出現了一點被冤枉的可能性。就是因為與人之間的距離感太近，渴望將個人的主義、主張與他人共享，所以才造成了這些麻煩。

當然，這些都屬於少數，只是周遭其他撒路思人給人的印象都不錯，所以這些少數也更容易留存在印象之中。

不過這也不是只發生在撒路思，是到了外國都經常遇到的現象。利瑟爾抱持著見識過各國民情、充滿冒險者風範的想法，與其他兩人一起目送繼續悠哉散步的老婆婆走遠。

「回到原本的話題，你是問我的魔力中毒症狀嗎？」

「啊、是的！如果你曾經遇過魔力中毒的話。」

賈吉靦腆地摸了摸自己栗色的頭髮，利瑟爾於是接話道：

「遇過呀，我的症狀是皮膚敏感。」

「原、原來症狀是這麼多呀？」

「我和史塔德的症狀已經算是很類似囉，對吧？」

「是的。」

聽見利瑟爾向他徵求同意，史塔德顯得有幾分滿足。

晴朗的藍天上白雲偏多，這種天氣走在路上不會流汗，非常舒服。水路上的波光也不刺目，水面顯得清澈透明。利瑟爾他們睽違已久地閒聊著，盡情享受這適合散步的好日子。

賈吉帶他們來到一間位於首都的餐廳。

這間餐廳有段歷史，卻不至於高級到讓人卻步。所謂的歷史，也只是深受當地居民喜愛，因而經營了很長一段時間而已。由於老闆性喜變動，餐廳在撒路思四處搬遷過好幾次，不過儘管換了外觀與裝潢，用餐氣氛卻一直維持不變，是間有點不可思議的餐廳。

每一次店址搬遷，常客們都笑稱「又來了」，毫不介意地多走點路上門造訪。假如搬得離自家近了些就值得開心，搬得遠了些就面帶著苦笑，照樣光顧。賈吉每次在撒路思一有空也會到這裡用餐，這是他相當中意的一間餐廳。

然而此刻，他卻在這間餐廳裡陷入手足無措的局面。

「據說那是仿製品，你偷了也划不來吧。」

「你、你什麼意思！」

「喂，人家怎麼說那是仿製品……？」

利瑟爾不過才離席幾分鐘，場面怎麼就變得這麼混亂？賈吉回過頭，看著窗外利瑟爾的身影，迫切地希望他趕快回來。

事情的起因，發生在三人享用餐廳裡招牌必點的撒路思鄉土料理的時候。從賈吉所坐的位置，恰巧能看見對面的桌位。那一桌坐著一對男女，或許是正

好碰上什麼紀念日吧,男方將一枚胸針交給女方,女方高興得紅了臉頰,頻頻向男方道謝。

這種場合盯著人家看也不太好,不過自然映入視野的部分就沒辦法了。他好久沒嘗到撒路思料理的風味了,又是睽違許久和利瑟爾一起吃飯,正度過一段幸福無比的時光。

「這原來是在湖裡捉到的嗎?」

「是的,由專業的潛湖士捕捉,今天早上才剛捕撈上岸。」

看著利瑟爾與服務生和睦的對話,賈吉在咀嚼的同時,努力控制住一不留神就要露出鬆懈笑容的嘴角。服務生剛講解的這種貝類十分美味,坐在利瑟爾身旁的史塔德也默默將料理一口接一口往嘴裡送。

順帶一提,兩人之間並不會為了搶位子而起糾紛,因為賈吉偏好利瑟爾正前方的位置,而史塔德想坐利瑟爾旁邊的位置。對於一旦相爭恐怕免不了落敗的賈吉而言,兩人對最佳座位的定義不同真是太幸運了。

「原來還有潛湖士這種職業。賈吉,你之前聽說過嗎?」

「有聽過。我平常比較少經銷食品,不過我記得爺爺有和潛湖士簽約合作哦。」

「潛水和游泳有什麼不一樣嗎?」史塔德問。

「會游泳的人多少都能下潛一小段,不過要潛入深處,應該就需要專業的技術

看樣子史塔德沒游過泳，而賈吉也一樣。

反倒是利瑟爾做出了好像會游泳的發言，兩人對此還真的有點震驚。賈吉嘗試想像了一下利瑟爾游泳的模樣，但總覺得很難想像。正當賈吉想問他究竟是在哪裡學會游泳的時候……

「啊。」

利瑟爾忽然抬起臉來。

若說賈吉正前方能看見其他桌位，利瑟爾的正前方便是一扇面向街道的大玻璃窗。循著他的視線，賈吉也跟著回過頭去，看見窗外站著一位翡翠色頭髮的冒險者。

那人輕輕抬起手，利瑟爾也優雅地揮了揮手回應。但那冒險者卻帶著一臉不太服氣的神情，為難地別開了視線。重新望向利瑟爾的時候，那人微微彎曲抬起的指尖，向利瑟爾招了招手。

史塔德頓時面無表情地看向利瑟爾。利瑟爾拿他沒辦法似的露出苦笑，轉頭回望他，問：

「我稍微離開一下，可以嗎？」

「不可以。」

「看來他無論如何都想找我談談，應該不會太久。」

「S階找你有什麼事？」

史塔德全力鬧起脾氣來，但賈吉並沒有出言勸阻。

因為他完全認同史塔德的心情。難得有機會見一次面，他也不希望利瑟爾在這時候更優先照顧其他人。但正因為明白賈吉他們會有這種感受，利瑟爾才表現得不太好意思，而那名冒險者也是知道史塔德會不高興，所以才沒強人所難，而是選擇站在餐廳外等候吧。

賈吉回頭又瞥了一眼，與那名有些坐立難安地搔著後頸的冒險者對上了視線。

翡翠色的眉睫底下，是一雙充滿冒險者風範的眼瞳，粗野的眼神中盈滿了自信與渴望。那人本來苦惱地低垂著雙眼，此刻微微蹙著眉頭抬起眼來，看向賈吉。

若不知道這人是利瑟爾的熟人，賈吉或許會以為自己被煩悶地瞪了一眼。不過賈吉正要感到畏縮的時候，那人立刻便抬起一隻手向他致歉，他於是放下心來。剛才史塔德也說那人是S階，所以多半像劫爾一樣，也是面對面時很讓人畏縮，但其實願意好好聽人說話的那種人。

總的來說，高階冒險者大多都散發著強者特有的氣息，而這氣息當中又摻有一點安心感。越低階的冒險者反而越容易採取威嚇對方的態度，所以這種安心感或許來自於確信他們不會莫名其妙找人麻煩吧。

「那麼，史塔德，你要不要也一起來？」

「……」

史塔德仍握著叉子，將手擱在了桌上，而利瑟爾以指尖戳了戳他的手。像在敦促他給出答案，又像一種邀約，又像微不可察的撒嬌。這舉動出人意表，看得賈吉不禁睜圓了眼睛，同時領悟到史塔德這次是不可能拒絕利瑟爾的請求了。畢竟史塔德在此之前都是撒嬌的那一方，只有被利瑟爾寵溺的份。他肯定被利瑟爾這始料未及的舉動弄得措手不及，滿腦子都在思索其背後真正的意圖吧，賈吉自己也是如此。

「那麼，你願意允許我獨自離席一下嗎？」

史塔德幾乎是下意識說出了這句話，而利瑟爾以誠懇的語調問道：

最後，他只得出了自己跟去也沒什麼意思的結論。

「我沒什麼事要找那個Ｓ階。」

「⋯⋯好。」

「那賈吉呢？」

「咦、啊，好的，我在這裡等你！」

眼見史塔德勉為其難地點頭，賈吉也趕緊點了頭，利瑟爾褒獎似地朝著兩人瞇細眼睛笑了。

利瑟爾這才終於站起身來。他明明沒必要這麼做，要出去一趟根本不需要徵求賈吉他們同意，卻還是向他們道了謝，朝門口走去。賈吉茫然目送著這一幕。

利瑟爾告訴服務生自己會稍微離席一下，便消失在門扉另一頭。從餐廳裡，能

窺見那道消失的身影立刻與窗框當中等候他的人會合了。

「……利瑟爾大哥好擅長交涉哦。」

「你又不是第一天認識他。」

「是沒錯啦。」

史塔德凝視著窗外，在那道壓力推動之下，賈吉也再次回頭看向利瑟爾。利瑟爾正與翡翠色頭髮的冒險者說著話，在這時忽然往這個方向看了過來，不知是察覺了他們的目光，還是純屬偶然。無論如何，獲得利瑟爾關心都讓人高興，看見那雙紫水晶般的溫柔眼眸轉向這裡，賈吉好不容易控制住的嘴角差點又要上揚了。

他害臊地笑了笑，重新轉回前方，躲開那名冒險者同時朝他看過來的視線。史塔德還是一樣光明正大地凝視著利瑟爾他們，太強大了，這個人對於偷窺完全不感到心虛。

「我好久沒看見Ｓ階的冒險者了。」賈吉說。

「目前帕魯特達爾沒有Ｓ階冒險者停留。」

「啊，好像是哦。不過，我以前見過爺爺認識的那位冒險者。」

賈吉喝著微帶酸味的檸檬水，回想起兒時遇見的那位冒險者。那是個剛強堅毅的人，彷彿以整副身軀體現出了冒險者這個概念。他肌肉壯碩，總是張開大嘴高聲大笑，嗜酒如命，連倒進玻璃酒杯裡喝也嫌麻煩，總是拿著

酒瓶仰頭就灌。賈吉對他那把粗糙質樸的大劍只有模糊的印象，無法跨越時空將它鑑定一番，不過那多半不是什麼特異的迷宮品才對。那人碩大的手掌硬邦邦的，上頭全是傷疤，那隻有力的手撫過頭頂的溫度，賈吉至今還記得特別清晰。

「感覺是個和利瑟爾大哥完全相反的人。」

「跟他同一類型的冒險者，基本上不存在吧。」

「好像是哦⋯⋯如果又出現一個貴族氣質的人跑來當冒險者，你會怎麼做？」

「這種人第二次見到，也沒什麼趣味了。」

聽見史塔德口中說出「趣味」一詞，賈吉心裡有幾分驚訝。同時他領略過來，原來是指其他冒險者都跑來向公會詢問這件事。看來史塔德剛當上冒險者的時候，有許多冒險者不會再覺得有趣的意思是，到了第二次，應該就可以避免這種騷動了。

「確實，可能就不至於造成騷動了。」

畢竟都已經出現了利瑟爾這個最大的前例。

說到底，冒險者涉足過眾多國家，滿足過無數迷宮無理取鬧的要求，都是適應能力超群的人。利瑟爾卻只是本色演出就能將這樣一群人耍得團團轉，應該說他才是特例才對。如果他只是徒具貴族氣質，冒險者也只會朝他吐口唾沫就結束了。

「尤其是王都的大家，對於利瑟爾大哥都已經習以為常了。」賈吉說道。

「大家把他和迷宮相提並論，也是習以為常的結果？」

「……啊，你指的是『沒辦法，迷宮就是這樣』？」

這個嘛，賈吉不禁語塞。點頭贊同這句話讓人心情有點複雜，但實在也無法否認。

史塔德面無表情地持續凝視著利瑟爾，而賈吉拚了命思考該怎麼回答他才好。然而，忽然有個女子花容失色、四處張望的身影映入視野邊緣，賈吉於是中斷了思緒。就是那位剛才從坐在對桌的男人手中收下胸針的女子。

她慌張地探頭往桌子底下看，又撥開自己的裙子翻看，似乎拚命在尋找著什麼東西。不曉得出了什麼事，賈吉看了有點擔心。他將注意力轉向那一桌，正好聽見女子以泫然欲泣的聲音向男子訴說：

「怎麼辦、為什麼……我找不到胸針……！」

她珍重地把盒子放在桌上，裡頭的胸針卻忽然不翼而飛。賈吉見狀，那男子於是先叫她冷靜，也跟著探頭看向腳邊，並伸手往自己口袋裡翻找。

「史塔德，你那邊有沒有看到胸針掉在地上？」

「只看到掉在地上的銅幣。」

「啊，真的耶……我晚點跟店家說一聲。」

賈吉放輕了聲音問話，以免被那對男女聽見，史塔德卻以普通的音量回答。

優雅貴族的休假指南。17

066

那對男女聽了同時抬起臉來，有點難為情、又有點不好意思地露出曖昧的笑容。賈吉也感到一陣偷聽人家說話似的內疚，慌忙搖搖頭表示沒關係。

「是什麼樣的胸針？」

「史塔德，你小聲一點⋯⋯我想想。」

確認那對男女繼續去尋找胸針後，賈吉略微朝史塔德的方向探出身子。還真難得，史塔德對於自己不感興趣的話題居然會進一步探問。賈吉感到有點納悶，不過還是向他說明那枚胸針的特徵。

「那枚胸針上，有一塊仿製的夕日石⋯⋯那是一種橙色寶石，裡面的花紋會隨著光線晃動。」

容賈吉辯解一下，他並沒有一直緊盯著那對男女看。

只不過，該說是鑑定士的天性嗎？他只是在那枚胸針進入視野的時候，下意識分析「啊，是夕日石⋯⋯的仿製品嗎？」而已。不過，聽到外人擅自分析，他明白當事人應該也會不太高興，因此盡可能壓低了聲音這麼告訴史塔德。

「我知道了。」

「咦，知道什麼⋯⋯」

賈吉問道，史塔德卻絲毫不以為意地站起身來。

到底是怎麼了？就在賈吉抬頭注視之下，他神色如常地離開座位，在斜對面的一張桌子旁停下腳步。那裡坐著一位不知何時進到餐廳的男性顧客，正神態平靜地

等待餐點送上。

史塔德該不會是在那個人腳邊找到胸針了吧？

儘管對於史塔德唐突的行動感到抱歉，但賈吉還是在一旁靜觀其變，非常篤定史塔德接下來就會向那名男顧客說，不好意思借過一下，有東西掉在你腳邊。

「據說那是仿製品，你偷了也劃不來吧。」

「唔哇——！」

賈吉嚇得差點從椅子上滾下去，大叫著一把抓住了史塔德的手臂。

史塔德一臉厭煩地看著他，但賈吉沒時間管這個了。剛才史塔德語氣不帶責備，也沒有扯開嗓門大叫，只是用向人問路一樣淡然的語氣，告發眼前這名男子偷了東西，在場所有人一時都沒反應過來。

賈吉使出渾身解數拚了命拉住史塔德，而那對男女愣愣張著嘴，沒看著男顧客，卻看著史塔德。至於那名男顧客，也目瞪口呆地仰望著指稱他有竊盜嫌疑的史塔德。

男顧客回過神來，這奇妙的空間也因為他狼狽不堪的聲音而冰消瓦解。

「你、你什麼意思?!」

「史塔德，你等一下⋯⋯為、為什麼?!」

賈吉這問句裡包含了各種一言難盡的意思。

但史塔德卻以一種「你幹嘛明知故問」的語氣回答：

「本來就應該避免造成那個人回來的時候沒辦法間適用餐的情況吧。」

「你這麼說是沒錯……」

「利用所有視線都聚集在那個人身上的時候順手牽羊，坦白說這種行徑令人十分不快。」

「如果是這樣的話，哎，你說得確實沒錯，可是……」

「我看到他動手行竊的瞬間了，絕對不會錯。」

「那你看到的時候就講清楚嘛……！」

史塔德是什麼時候目擊那枚胸針被偷的？

正是利瑟爾走出餐廳的時候。當時所有人的目光都追隨著他的身影，史塔德當然也看著那個方向，但由於座位使然，男顧客自然進入了他的視野。那名男顧客在利瑟爾離開的同時走進餐廳，在走過那對男女桌邊時伸出了手。

那時史塔德沒什麼特別的想法，便這麼置之不理了，因為他忙著目送利瑟爾離開。

「但冷靜一想，胸針失竊萬一鬧成大事，可是會干擾他與利瑟爾共進午餐的。」

「快點返還胸針，自己去找憲兵自首。」

「史塔德，在撒路思這邊不是找憲兵，是自警團……」

「那你就去找自警團自首。」

不對，不是那個問題，賈吉對自己吐槽。

但他也只有一瞬間還保有這種餘裕了。那名男顧客憤怒地站起身，被他推開的椅子撞上桌腳，嚇人的噪音簡直能撼動心臟。賈吉嚇得縮起肩膀，不小心鬆開了史塔德的手臂。

當他意識到不對的時候已經太遲了。

「這個人故意來找我麻煩！真是夠了，給我讓開！」

男顧客粗聲這麼說道，顯然心生動搖，他伸出手，想推開史塔德。

但他怎麼可能得逞。那隻手只被史塔德瞥了一眼，隨手撥開，便徒然劃過半空。寒氣開始凝聚在史塔德手邊，但他不知想起了什麼，握緊手掌散去了魔力，看也不看失去平衡往地上倒的男顧客一眼，只是兀自望著窗外。

一名成人倒在地上的鈍重聲響徹店內。

聽見那人的呻吟聲，賈吉放鬆了緊繃的肩膀。

「太好了……」

本來還擔心萬一演變成流血衝突怎麼辦呢，賈吉不禁安心地嘆息。

老實說，他覺得史塔德很可能真的動手，之所以第一時間抓住他的手臂，也是出於這個原因。

「啊，對了，胸針……！」

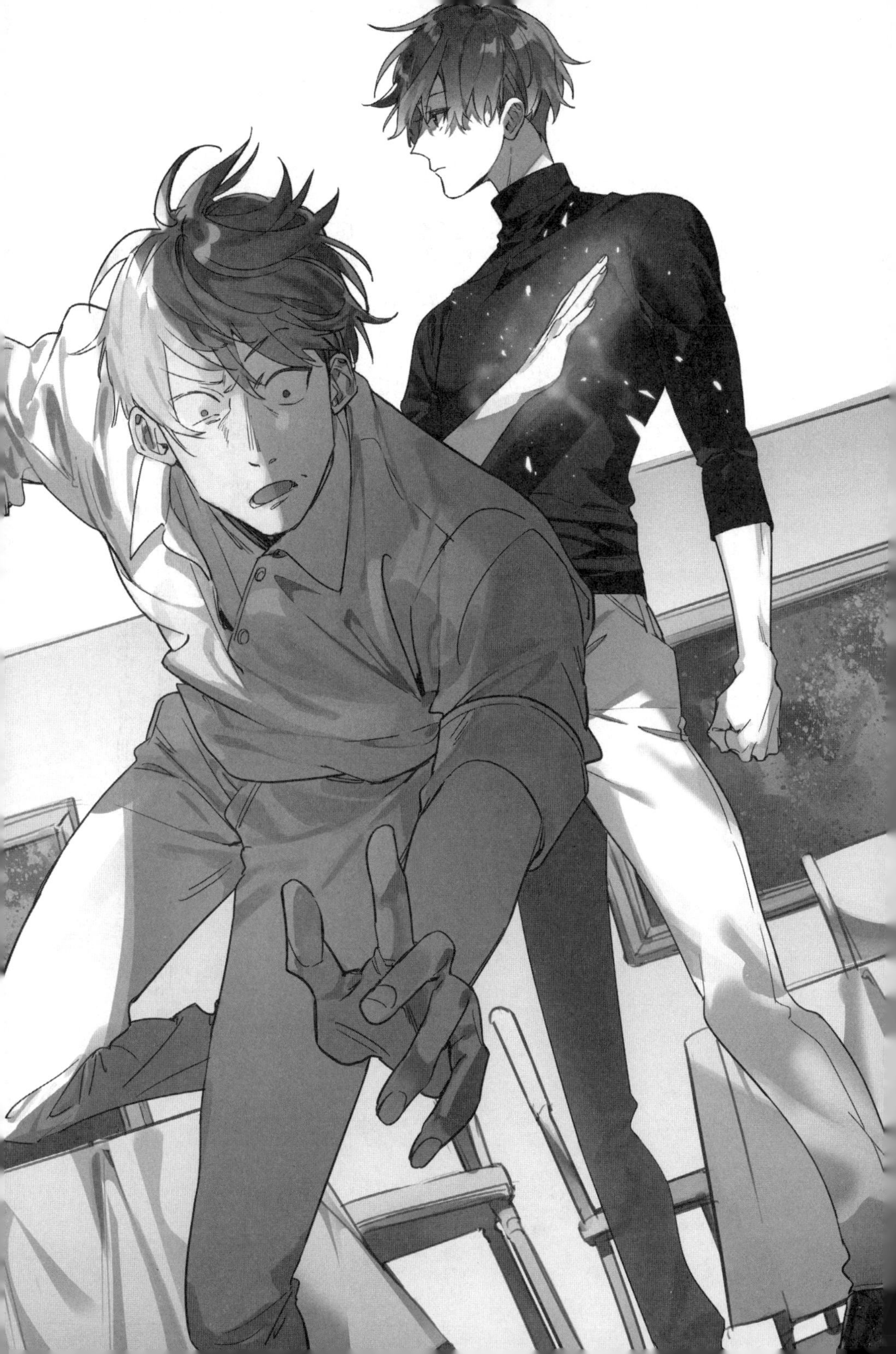

史塔德無事發生似的回到了自己的座位上，賈吉則取而代之地站起身來。那對男女不曉得怎麼了？往那邊一看，只見男子挺身站在女子身前，要保護她似的僵在原地。

說實話，尋找胸針還是讓當事人動手比較好，可是⋯⋯

「該死！」

「啊！」

抓緊賈吉猶豫的空檔，倒在地上的男顧客一躍而起，試圖逃出店外。

不過在賈吉急忙呼叫史塔德之前，原本在廚房忙碌的店員便衝出去追上那個人，將他制伏了。到了這時候，男顧客似乎才終於放棄抵抗，賈吉也鬆了一口氣。

這樣事情就解決了，正當賈吉準備放鬆的時候⋯⋯

「喂，人家怎麼說那是仿製品，你要不要解釋一下⋯⋯？」

在騷動餘韻尚未平息的餐廳裡，女子顫抖的聲音響起。

糟糕了，賈吉的臉色頓時刷白。看來男子隱瞞了這件事。

「你不是告訴我這是真品嗎？」

「呃、這⋯⋯」

「不、不是的！」

男子狼狽地閃爍其詞，賈吉連忙打岔道：

「那是品質非常良好的精品！工藝也是由同一間工房、技術老練的匠人精工打

造而成，與真品相比毫不遜色，而且夕日石也一眼就看得出來是以仿製品當中品質最高檔的極品加以打磨……」

「果然就是仿製品嘛！」

「不、不能這麼說……」

賈吉無法好好傳達自己想表達的意思，反而加重了這東西就是仿製品的印象。賈吉既混亂又抱歉，簡直想一拳把自己打暈；男子自己先虛張聲勢把胸針說成了真品，如今也百口莫辯。面對與剛才截然不同的另一種修羅場，店員和男顧客都束手無策地觀望著那對男女。位於爭執中心的那枚胸針，無處可去似的安放在店員手中。

但即便眾人默不作聲地在一旁觀望，事態仍然不斷惡化。

「真不好意思喔，我買了仿製品。」

「為什麼你要說這種話……？」

賈吉已經束手無策了，只能茫然站在原地。

不過此時，有一隻救贖的手伸向了他。

心情毫無波瀾的只有史塔德一個人，他事不關己地吃著盤子裡擺盤精美的沙拉。

「你還好嗎？」

暖和的溫度輕柔撫過脊背，賈吉泫然欲泣地回過頭去。

「利瑟爾大哥……！」

「史塔德也是，打擊竊賊的手法十分精湛呢。」

「我盡全力控制了力道。」

史塔德一臉「也誇誇我」的模樣，利瑟爾伸手摸了摸他的頭。

賈吉看向窗外，剛才那道翡翠色的身影已經消失無蹤。賈吉總算能由衷放下心來。看來並未中斷他們的對話，利瑟爾是談完了才回到餐廳裡來，在利瑟爾那隻手掌的敦促之下順從地坐回自己的座位。

「兩位都請冷靜一下吧。」

利瑟爾朝著那對男女開口：

「否則難得的一頓饗宴，也嘗不出美味了哦。」

伴隨沉穩微笑所說出的這句話平穩而和緩，一點也不急躁。咬字不冗長拖沓，很容易聽得清晰。語氣柔和，卻絕不怯懦，能將想傳達的訊息恰到好處地傳遞給對方──只消一、兩句，聽見這話聲的人便會如此贊同。

面對這樣的利瑟爾，男女雙方終於冷靜下來。

「呃，那個……？」

「咦？」

兩人都有點混亂。

人在陷入亢奮狀態的時候，突然被一名充滿貴族氣質的男子從旁搭話就會變成這樣，一瞬間搞不清楚自己究竟身在什麼場合。無論如何，他們冷靜下來就是最好

的結果。

「那個，真對不起⋯⋯打擾到你們用餐了。」

「不會打擾哦，請別介意。」

利瑟爾仍然帶著一貫的微笑，繼續說下去：

「不過，請你們相信那孩子說的話吧，他是一位非常優秀的鑑定士。」

利瑟爾的視線朝賈吉轉來，那對男女也跟著看向他。賈吉慌忙挺直了背脊。受到利瑟爾稱讚讓他好高興，他低下頭，藏起自己發熱的臉頰。不過下一秒，他便在桌子底下遭到看他不順眼的史塔德使出腳尖攻擊，痛到說不出話。

「既然他這麼說，就表示那枚胸針的品質是真的相當精良。所謂的仿製品也絕不等同於贗品，那是匠人希望人們能接觸到原本高不可攀的東西，而悉心打造而成的精品。」

「這⋯⋯」

「妳的男伴一定也是為了討妳歡心才這麼說，單純只是希望這份禮物送得夠體面吧。」

不過說謊還是不太好哦──利瑟爾打趣地這麼說道，男子便尷尬地別開了臉。這舉動看上去有點沒出息，但對於女子來說並非如此。她因淚水而隱約發紅的眼角柔和了幾分，輕輕發出近似苦笑的笑聲。那笑容有幾分無奈，卻也蘊藏著幾分

憐愛。

利瑟爾見狀,轉而向男子開口:

「還有一件事,我想應該不需要我多嘴。」

他相信男子一定明白,不過仍然刻意說出這句話,好往他背後推上一把。

「她感到悲傷不是因為胸針,而是因為你對她說了謊吧。」

就這樣,利瑟爾為自己插嘴多事道了歉,聽見史塔德問他那名冒險者特地叫他出去有什麼事,他若無其事地繼續用餐,便回到賈吉他們等候的桌位去了。

他毫無保留地回答,兩人這真好吃、那也好吃地聊了起來。賈吉也加入其中,沒過多久,竊賊便被自警團押送走了。

映入賈吉視野中的那對男女深深凝望著彼此,彷彿此時此刻就是無比甜蜜的蜜月一樣。他們彼此道歉,互相依偎著走出了餐廳,好像早就把竊賊拋到了九霄雲外。女子胸口,閃耀著一顆夕陽顏色的寶石。

「太好了,賈吉坦然這麼想。

「說起來,賈吉好像沒什麼不愛吃的東西呢。」

「啊、是的,我不太挑食,不過太辣的東西我就不敢吃了。」

就這樣,賈吉再也沒有任何煩憂,盡情享受這段幸福的時光。

之後沒再遇到什麼麻煩,三人悠然漫步在撒路思街頭,欣賞城裡的風光。

賈吉的馬車上裝有性能優良的驅逐魔物用道具，除此之外還採取了各式各樣的措施，因此多少能承受在夜裡趕路。不過，前提是馬車上必須有緊急時刻能化險為夷的優秀護衛隨行。

因此，去程賈吉便在史塔德下班後與他會合，離開王都之後，一路駕著馬車趕路到天色相當昏暗的時刻。不必說，這當然是因為他們都想早點見到利瑟爾。所以，兩人踏上歸途之前，自然也想和利瑟爾一起待到最後一刻。

「時間差不多了，我們就回旅店吧。我告訴旅店的老婆婆說你們要來玩，她聽了大喜過望，還說要煮頓精心料理的晚餐請你們吃哦。」

「哇，那太開心了！」

「我們原本預計在這裡找地方過夜，但可以的話還是想跟你住同一間旅店。」史塔德說。

「這也不用擔心，我拜託旅店幫你們留了一間房。」

兩人打算在撒路思住一晚，隔天清晨動身回王都，把出發時間盡可能往後延，才能在這裡待久一點。

賈吉打從一開始便決定如此安排，也在信上這麼寫道。利瑟爾從中讀出了他祕而不宣的期待，實現了他的願望。賈吉遙想著現在開始到明天早晨的幸福時光，順從這份興奮雀躍的心情，露出了軟綿綿的笑容問道：

「劫爾大哥和伊雷文也要一起吃飯嗎？」

「不確定呢,雖然我事先告知過他們了。」

「對了,聽說你們的同行者多了一個人。」史塔德說。

「啊,原來你見過他了?」

「咦?!」賈吉錯愕。

就這樣,三人悠閒地走在水路旁染上茜色的小道上。

178

賈吉與史塔德面前，是擺滿了一整桌的料理。

有肉類、魚貝類，也有蔬菜水果，油炸、燒烤、醋漬、燉菜一應俱全。充滿變化的菜色與豪華絢爛的精緻宴席又有所不同，不至於高檔到教人卻步，卻仍然保有令人雀躍的繽紛色彩。

兩個年輕人看得雙眼發亮，同坐一桌的利瑟爾見狀，眼角眉梢也流露幾分笑意。

「你們看看如何，如果不夠吃，隨時再跟我說哦。」老婦人說。

「很足夠了，菜色比我想像的還要豐盛，我也吃了一驚呢。」利瑟爾說。

「難得有客人來呀，得讓人家吃得飽足才行。」

老婦人又端來一盤料理，露出優雅的笑容如此說道。

利瑟爾想去幫忙，也只會被她好笑地以一句「沒關係」拒絕。

不曉得吃不吃得完，利瑟爾放眼看向滿桌的菜餚，在那些大盤子與深盤之間，也放著多到滿出來的酒瓶。

不過賈吉和史塔德都是年輕力壯、食慾旺盛的年紀。他們能邊喝酒邊用餐，而且還是配著酒、胃口更好的類型。先前在王都一起吃飯的時候，利瑟爾便知道他們的食量比想像中還要大了。

「你今天和伊雷文一起進了迷宮嗎？」利瑟爾問劫爾。

「怎麼可能。那傢伙跟著我只是為了魔法陣，還沒通關的迷宮他不會跟來。」

而且還有劫爾在，即使伊雷文不在場，應該也能把整桌菜吃得一乾二淨。

順帶一提，伊雷文出門了。利瑟爾告訴過他賈吉他們要來訪，不過他只回了句「是喔——」，當作閒話聽過去了。他平常就是這樣，所以誰也不介意。

劫爾也不是特地來歡迎他們倆的，只是照常到餐廳來吃晚餐，所以剛好在場而已。

「咦，劫爾大哥原來還有尚未通關的迷宮嗎？」

賈吉坐在利瑟爾正對面，一臉意外地看向坐在自己隔壁的劫爾問道。

劫爾將渾身的重量靠上椅背，無奈地將視線投向一旁。利瑟爾見狀不禁笑了出來，他一邊將玻璃杯傳給坐在自己身旁的史塔德，一邊開口：

「獲得了非常嚴格的點評呢，劫爾。看來在一流鑑定士的眼中，你已經通關了撒路思所有的迷宮也不奇怪哦。」

「咦?!」

「我、我不是……」

「那還真抱歉啊，我確實沒特地加快步調。」

聽見這玩笑般的對話，賈吉開始拚命為自己辯護。

但他看見那兩人惡作劇般的眼神、略帶諷意揚起的嘴角，賈吉立刻察覺自己被調侃了。他低下發熱的臉龐，縮起肩膀，發出意義不明的呻吟。

「現在的心情如何啊，蠢材。」

「想挖個洞把自己埋起來……」

甚至連史塔德都落井下石。

「好了，趁熱開動吧。」

在最後端來水瓶的老婦人敦促之下，四人於是開始動起了刀叉。

賈吉和史塔德將利瑟爾等人離開之後王都的情形，細細說給了他們聽。話雖如此，他們離開王都的時間卻也沒那麼長。公會裡不時會聽到「我在撒路思看見貴族小哥了」這類來自其他冒險者的目擊證詞，造訪道具店的客人也會聊起「最近好像都沒看到他們」。看來大多數人都知道他們去了撒路思。

由於原本的地位使然，利瑟爾對這類八卦習以為常，但劫爾實在覺得很匪夷所思。為什麼他們會變成冒險者之間的話題？冒險者本來就經常旅居各國，其他隊伍去了哪裡，理論上不該是什麼值得關注的大事才對。

最匪夷所思的，莫過於賈吉和史塔德還把這當成理所當然的事情轉述了。

「喲，這麼熱鬧啊。」

就在這時，餐廳的門扇大大敞開，從門後現身的是一位老者，指縫間夾著好幾

支酒瓶。看老者提起那些酒瓶，得意地衝著他們露齒而笑，應該是來請他們喝酒的。利瑟爾微笑著道了謝，劫爾瞥了標籤上的酒名一眼，揚起了唇角。

「這是哪位？」史塔德問。

「這家旅店的老闆，他以前也是冒險者哦。」

史塔德瞥了老者一眼，理解了利瑟爾話似的點點頭。

老者退休的時候，史塔德應該已經被公會收留了。不過當時他還有許多事正在學習，也還沒有負責站過櫃檯，所以沒見過這個人。

但賈吉似乎就不同了。他半張著嘴，仰頭望著那位年紀老邁卻依然頑強的長輩。

「那、那個，您該不會是以前，曾經和我爺爺……」

「啊？」

聽見賈吉的聲音，老者低頭看向他，蹙起了眉頭作勢思索。但那表情也僅持續了短短一瞬間，老者心情大好似的睜大了眼睛，將酒瓶使勁往桌上一擱，拍著賈吉的肩膀說道：

「喔，你就是那孩子嗎，因薩伊那兒的小鬼頭！」

「好、好久不見！」

「喂喂，都長這麼大……是真的很高大啊，你像到爺爺嗎！」

看見賈吉起身打招呼，老者半是高興、半是詫異地這麼說道。

優雅貴族的休假指南。17

082

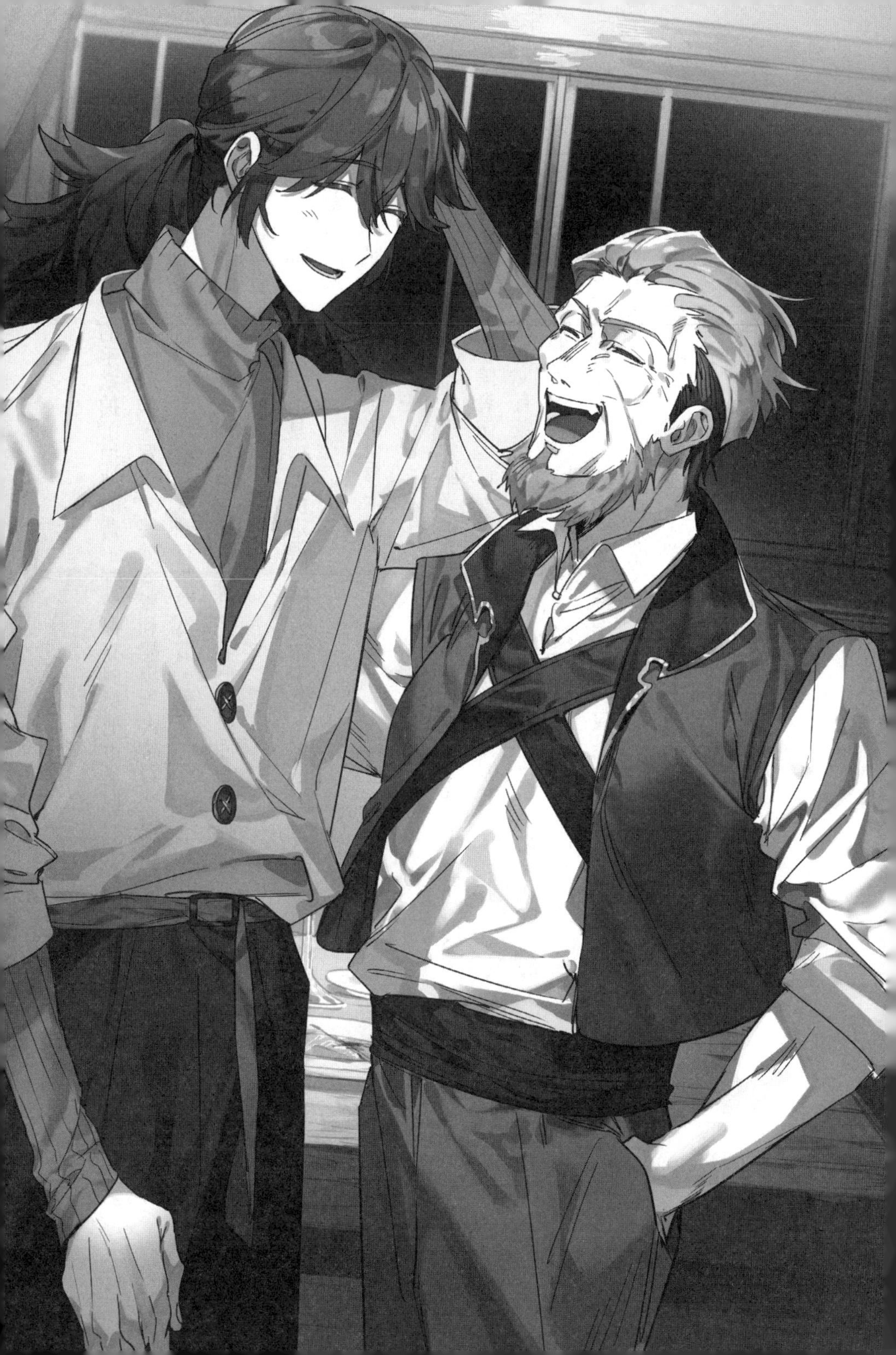

那人有力的手掌拍了拍他的背，好像很高興與他重逢似的，賈吉也靦腆地垂下了眉梢。到了這個時候，賈吉才終於察覺利瑟爾等人帶著「你們認識啊」的眼神望著他，頓時為自己興奮的模樣感到有些難為情，垂著眉重新坐了下來。

「那個、我還小的時候，爺爺曾經介紹我們見過面……這位先生是我第一次見到的冒險者。」

「你之所以開了道具店，決定跟冒險者做生意，也是因為見過他的關係嗎？」利瑟爾問道。

「哦，因薩伊的孫子也是生意人啊？」

「是、是的……」

「他非常優秀哦，鑑定眼光精準，店裡的商品也十分齊全，口碑很好。」

「不過要跟冒險者做生意，我看你的個性有點太畏縮啦。」

「他既有實力又有誠信，不必靠著氣勢壓迫對方，也能讓顧客心服口服。」

老者一屁股坐在隔壁桌的椅子上，笑著跟他們攀談，利瑟爾也有趣地向他解釋。面對利瑟爾毫不保留的讚美，賈吉插不上話，只是在一旁聽著，嘴角不禁有些鬆動。心裡深深的喜悅和一點點羞恥令他臉頰發熱，對於利瑟爾贈予他的這些讚譽，他不否認，卻也無法贊同。

他聽了這番話明明高興得不得了，要不加逃避地坦然接受它，為什麼就這麼困難呢？為什麼他無法否認，也無法贊同？

那是因為賈吉總是覺得，來自利瑟爾的讚譽之詞從來就不需要他人來論斷。

那種讚賞與人們對藝術品的欣賞有幾分相似，在利瑟爾一個人的心中便已經自我完足。他就像獨自一人站在畫廊上那樣，在那沒有旁人目光、也無人解說導覽，只聽得見自己腳步聲的寂靜空間裡，為了一幅令他傾心的繪畫停下腳步。甚至不追求來自讚美對象的回應，只是以柔和的目光欣賞著作品。

面對藝術品時沒有必要道出自己的感想，但利瑟爾卻願意將這些話告訴賈吉，代表這不具任何意圖，只是利瑟爾純粹的真心。賈吉不可能否認，那人也不需要他的贊同，既然如此，要是他說出「沒有啦，利瑟爾大哥才是⋯⋯」這種常見的客套話，也只會顯得不解風情罷了。

結果，賈吉也沒掩飾自己內心的喜悅之情，只能默默露出軟綿綿的笑容。

「怎麼擺出這麼噁心的表情？蠢材。」

「才、才不噁心⋯⋯應該吧⋯⋯」

賈吉將麥酒灌入喉中，試圖冷卻發熱的臉頰。

不過這麼做，晚點就會在另一種意義上使得他的臉頰更熱了。唉，如果我也能像藝術品一樣，無論讚美或腳步聲都一視同仁地聽而不聞就好了⋯⋯不對，這樣太糟蹋了。賈吉轉念一想，便打消了念頭。

來自利瑟爾的讚譽讓他喜不自勝，所以永遠不嫌多，這才是真理。

「話說回來，原來他孫子專做冒險者生意啊。」

「不,也不盡然哦,你們兩位說是吧?」利瑟爾說。

「嗯,店裡什麼都有。」劫爾說。

「永遠都找得到我需要的東西。」史塔德說。

「所以,他除了冒險者以外的顧客好像也很多哦。」

聽見三人這麼說,賈吉有些難為情。老者不顧他的反應,露出了「那為啥還說是做冒險者生意的道具店啊」的表情。不過,這種事店老闆說了算,既然老闆是這麼宣傳自家店鋪,那也沒什麼問題。

「這是羅曼尼的酒?」

劫爾忽然拿起老者帶來的酒瓶,難得面露感佩之色這麼說道。

「咦,居然……!」賈吉說。

「是啊,很夠意思吧?雖然這也是人家送我的。」

利瑟爾也聽過羅曼尼這個地方,愛喝酒的劫爾和伊雷文經常提起這個國名。他曾經查過資料,但只得知那是個以釀酒聞名的國家,針對該國釀造的各種名酒的解說反而還比較多。

「是羅曼尼公國,沒錯吧?」

「是的。」

史塔德不受氣氛熱烈的劫爾等人影響,只顧著將酒和料理送進嘴裡,利瑟爾於是朝他這麼問道。他停下用餐的手,瞥了賈吉一眼,那位鑑定士光從酒瓶和酒

標就看透了這酒除了價格以外的所有價值，正在向大家解說，史塔德興趣缺缺地開了口：

「聽說羅曼尼公國的領地不大，城牆內側是一整片的田地。」

「原來史塔德也沒有去過呀。」

「畢竟沒有必要。還有，該國也以嚴格的入境限制聞名。」

「聽你這麼說，我都想去看看了。」

利瑟爾迎向史塔德投來的視線，開玩笑似的說道。

這無疑只是句玩笑話。既然入境限制嚴格，冒險者首先就不可能被放行了。那可是釀酒聖地，國名都成了知名品牌，哪怕是田地裡的一株幼苗、一抔土，多半都使用了絕不外傳的獨門技術。

植物這種東西，有心人士只需要一粒種子就能複製，為了防止技術與品種外流，設下嚴格的入境限制也相當合理。此外，也能順道防止外界人士將奇怪的東西帶進田地裡。

「既然名叫公國，在某處還存在著他們的君主國嗎？」

「聽說從前確實存在。」

「啊，原來如此。」

只留存下「公國」名稱的情況也並不罕見。

公國意味著「由上有君主的貴族獨立統治」，如果從這層意義來看，商業國馬

凱德和魔礦國卡瓦納或許還更接近得多。不過，該說那兩國選擇了強化自身的機能性嗎，兩者的匠人氣質都太強烈了，不太可能完全從帕魯特達爾獨立出去。

也可以說，他們只是想把麻煩事全都丟給上層負責而已。遇上大侵襲那次，沙德儘管憤怒，但事後與撒路思的交涉還是盡可能都丟給王都高層處理了，唯獨在賠償相關事宜上一步不讓地貫徹了自己的要求。

「不愧是羅曼尼的酒，好喝。」劫爾說。

「真的耶，好好喝⋯⋯！」

「太好啦，多喝點、多喝點！那邊那兩個規規矩矩的小伙子怎麼樣，喝不喝？」

「要喝。」

史塔德說道。他對酒的風味沒什麼講究，不過送到眼前的好處他也不會拒絕。

利瑟爾也不著痕跡地窺探了一下劫爾的臉色，那人毫不客氣地喝著稀有的名酒，仍然朝他蹙了蹙眉頭，露骨地示意他「不准喝」。利瑟爾心裡有幾分惋惜，但還是放棄了。

「我就不必了。」

「怎麼啦，你不喝酒？」

「我很想喝，不過不能喝。」

利瑟爾至今還沒放棄他的飲酒特訓。

在原本的世界他不得不放棄，但在這一邊，他不必顧及貴族的體面，以及其他繁文縟節。機會只有現在，得好好把握才行。只不過，雖然他自己沒有印象，但他喝了酒似乎會造成其他人的麻煩，所以必須先找個能幫忙善後的對象才能開喝，是這特訓的難處所在。

而最可靠的善後對象劫爾，卻完全不願意點頭放行。

那就找伊雷文吧——儘管他這麼想，但伊雷文並不是那種會在旅店獨自品酒的人。他和伊雷文兩人一起外食的機會也不少，不過伊雷文好像不打算讓他在外面喝醉，導致利瑟爾遲遲找不到恰當時機。

就在這時，餐廳的門再次打開，眾人這麼聊著。

圍繞著那些造型典雅的酒瓶，

「我的魔力量在平均以上，但酒量也不差。」史塔德說。

「我認識魔力量非常豐沛的人，不過他的酒量很好哦。」利瑟爾說。

「跟那沒關係吧。」劫爾說。

「我們家那個老伴也不喝酒，魔力量比較多的人可能有什麼不便哦。」

門後現身。時機正好，利瑟爾微微一笑：

「夸特。」

是因為看見了生面孔吧。

夸特略顯遲疑地探頭往裡望，利瑟爾便朝他招了招手。或許是有人招呼，他便

不再顧慮了,這一次夸特毫不畏縮地踏進餐廳,眨著眼睛開始打量桌上那些豪華的菜色。

利瑟爾伸出手掌,比向站在他身邊的夸特,重新轉向史塔德和賈吉:

「我來替你們介紹,這位就是剛才提到的⋯⋯?」

夸特微微繃緊了身軀。

位於他視線另一端的人是史塔德,但史塔德一臉事不關己,只瞥了那雙刃灰色的眼眸一眼。

「啊,你已經見過史塔德了?」利瑟爾問夸特。

「見過。⋯⋯見過?」

「我們確實說過話。」

史塔德說到這裡,忽然中斷了對話。

他的目光就這麼從夸特轉移到利瑟爾身上,然後⋯⋯

「我被他折斷了兩隻手指。」

「沒有折!!」

「就是因為這傢伙害我折斷了手指。」

「我⋯⋯我、沒有折⋯⋯」

史塔德全力打了小報告。

要說這件事錯在哪一方,那當然是錯在史塔德了,他初次見面就無預警痛毆對

方，任誰怎麼看都是他有錯在先。他不僅毫不留情地使出全力毆打人家，而且在那之前還打算取人性命。

但他對這一切隻字未提，理直氣壯地擺出受害者姿態向利瑟爾告狀。因為對史塔德而言，上述行動全都是下意識的作為，他理所當然地認為，只要沒有惡意就不會被追究責任。

當然沒那種事，假如這說得通，絕大多數的精銳盜賊就不會被通緝了。

但是，由於夸特在吵架這件事上還是初學者，史塔德的謎之理論差點就要在這番強硬手段之下闖關成功了。

「是這樣嗎？」利瑟爾問道。

「是的。」

「我、沒有、出手……！」

聽見利瑟爾問話，史塔德淡然回答，夸特拚命辯駁。

賈吉隱約猜到發生了什麼事，但假如史塔德為了私事動用暴力手段，那多半是發生了什麼與利瑟爾有關的事情……賈吉一臉五味雜陳，不知該害怕還是該贊同，也不確定這兩種情緒該分別朝向哪一方。

「史塔德，你是因為他做了什麼讓你反感的事情，所以才動手的嗎？」

「他沒對我做任何事，但我毆打了他。」

史塔德毫不內疚的態度讓劫爾和老者退避三舍。

相反地，利瑟爾卻面露苦笑，再次問道：

「那麼，他是對你說了什麼嗎？」

「……說了他怎麼和你相遇的。」

史塔德言簡意賅地回答，利瑟爾和劫爾一聽便理解了一切。

看來他沒聽說細節，真是萬幸。萬一史塔德知道了事件全貌，難保他不會趁著休假日去置那些信徒於死地。目前信徒們被關在撒路思，不用說，關押地點的警備自然是相當森嚴，但史塔德恐怕會搬出從前老本行的技術達成自己的目的。

雖然按照史塔德本人的說法，他的體能已經不比從前了。

「史塔德，什麼相遇呀？」

「畢竟夸特剛遇見我的時候，還有點調皮嘛。」

「嗯，調皮。」夸特附和。

聽見賈吉好奇地這麼問，利瑟爾圓滑地如此回應。

這不是什麼愉快的話題，沒必要在熱鬧的酒席間提起。利瑟爾抱持著這種想法，因此只簡單解釋了一句，而且也沒說錯，夸特於是順從地點頭。賈吉意外地來回看了看他們倆，忽然想到什麼似的問：

「啊，就像伊雷文那樣嗎？」

「伊雷文還比他更調皮呢。」

「從惡劣的程度上說，那傢伙遙遙領先。」劫爾說。

「那條壞蛇還真是不負眾望啊。」老者說。

賈吉並不清楚伊雷文過去的經歷。

因此，他憑藉獨斷與偏見自行想像的「調皮」，和伊雷文實際上的惡行相比簡直是小巫見大巫。但也是拜此所賜，賈吉得以維持健康的精神狀態。畢竟夸特只是出於工作需要綁架了利瑟爾；伊雷文卻不一樣，只是為了好玩就想動手殺掉利瑟爾。

雖說實際上造成傷害的是前者，但從惡劣程度上看，後者明顯壞得多了。

「夸特，你要不要坐下來一起吃？」利瑟爾問。

「吃……不了，晚上的迷宮，想去。」

「啊，真不錯呢。」

「真不錯呢……？」

眾人困惑的視線匯集在他身上，利瑟爾不以為意地繼續與夸特悠閒交談。這時，老婦人替他們送來追加的麵包，聽見兩人的對話，和藹地笑著開了口：

「哎呀，夸特先生要去迷宮嗎？那我用這些麵包替你做點三明治吧？」

「好！」

「那就請你們分點沙拉和培根給我囉。」

老婦人說著，不顧「喂」了一聲就想出手阻擋的老者，逕自將桌上盛裝沙拉和厚切培根的盤子拉近，拿一併帶來的小刀將麵包切成兩半。

「劫爾先生，我會再煎點培根給你，別鬧脾氣哦。」

「我哪時候鬧過脾氣。」

但目光可能多少有被培根吸引過去。

「喂，你不阻止她啊？」

老者一臉苦澀地說道，那神情似乎已察覺了自己發言當中的矛盾。

熱騰騰剛烤好的麵包被切開，伴隨著輕快的切割聲，香噴噴的味道隨之飄來。

桌子上有起司、有鹽漬肉，還有橄欖油醃漬蔬菜，切成薄片的麵包夾入這些菜色或許也不錯。

利瑟爾這麼想著，看著老夫婦彼此熟稔的互動。

「真是的，你自己以前不也會在晚上潛入迷宮嗎，還說什麼『晚上正是賺錢的好時機』。」

「但我可沒有一個人潛進去過啊。」

「別擔心，夸特先生他一個人肯定也沒問題。畢竟人家就算累壞了，睡在迷宮裡也不會怎麼樣。」

老婦人說著，打趣似的笑著看向夸特。後者眨了一次眼睛。

「就算稍微被咬個幾下，你也不會受傷，只會稍微嚇到而已，對吧？」

利瑟爾和劫爾欽佩地盯著老婦人瞧。

史塔德對此有印象，也跟著點頭，唯有賈吉游移著視線看向眾人，困惑地尋求

答案。

至於夸特本人，則是嚇了一大跳似的半張著嘴，因為他根本不曾在老夫婦面前展現出戰奴的姿態。自從在阿斯塔尼亞差點把旅店主人嚇死之後，他便忠實遵守著利瑟爾的建議，在戰鬥以外的地方都不露出刀刃來。

不過，老者對這件事卻似乎不怎麼介意。

「雖說是戰奴，這小子不也還是個新手嗎。」

「那更應該趁著年紀還這麼輕的時候，多去經歷幾次失敗才好呀。」

「就算妳這麼說……」

「來，夸特先生，路上小心哦。」

——先不管實力如何，總之你晚上不要一個人去挑戰迷宮就對了。

老者本來想教導他這個常識，卻拗不過主張「不會遇上危險就沒關係」的老婦人。

把這情景拋在一邊，劫爾望著露出溫煦微笑的利瑟爾，眼中帶著放棄色彩。說到底，在討論常識之前，夸特實質上的指導者可是利瑟爾啊。各方面都已經太遲了。

「老爺爺，原來你聽說過他們呀。」

目送夸特帶著三明治精神飽滿地離開了旅店，利瑟爾朝老者問道。

在他身旁，賈吉正在詢問劫爾戰奴到底是什麼。聽見後者隨口回答「一群身體

上會長出刀刃的傢伙」，賈吉頓時腦中一團混亂。

可能是一種魔法吧？賈吉試圖這麼理解，劫爾決定不要告訴他戰奴沒有魔力。就算要他解釋，他也解釋不清，而且這討論起來實在太麻煩了。

「就是住在群島的那個種族吧？不過比起我見過的那些人，剛才那小子話說得好太多了。」

「他們使用的語言好像不一樣哦。」利瑟爾說。

「是啊。我們見過的應該是那傢伙的祖父母那一輩啦，他們說的話，我們大概有一半都聽不懂。」

儘管他們本人並沒有避世躲藏的意圖，但畢竟還是住在與世隔絕的地方，這也是理所當然的現象。

戰奴所說的多半是一種古代語言，但古代語涵蓋的範圍相當廣泛。一般認為，像妖精那樣以音色表達意涵的便是最古老的語言；而戰奴所使用的語言，應該也屬於妖精語演變到現代語言之中某一個階段的過渡吧。

「語言不一樣，是什麼意思？」

「對哦，我也想問。」

史塔德一邊將帕斯塔麵盛進盤中一邊問道，賈吉也一臉不可思議。他們好像不太明白「語言不同」是什麼意思。在見到那份其實是妖精書信的樂譜之前，利瑟爾也從沒想過會有這種事，在他原本的世界，這也是直到極近期才開

在這一邊，多半也有人展開了研究吧，亞林姆或許就是其中的先驅者也不一定。利瑟爾盡可能用簡單易懂的方式，向兩人解釋了這個概念。

「從前的人居然用不一樣的語言交談，感覺好不可思議哦……」史塔德對賈吉說。

「既然你是商人，能說他們的語言比較有利吧。」

「不曉得耶……我目前也沒有跟群島做生意的計畫，應該沒關係吧……」

雖然聽懂了利瑟爾的說明，但這對賈吉和史塔德而言完全不具現實感。利瑟爾也明白他們的心情，坦白講，對他們來說這就像發生在故事中的情節。

只是面露苦笑。

而賈吉他們一邊聽一邊吃著料理、喝著酒，手中的刀叉從沒停過。利瑟爾將自己面前的大盤子往他們那兒推過去，賈吉便朝他道了謝，開心地笑著開口：

「古時候完全不一樣的語言，慢慢演變成現在這樣，感覺好厲害哦。」

「是呀。不過，語言現在應該也一點一滴在改變哦。」

「比方說哪裡？」

史塔德這麼問道。面對他淡漠的眼神，利瑟爾有趣地露出微笑。

「看見艾恩他們只用一句『太扯了』就能彼此對話，總是讓我很感動，原來對話也能簡略化、效率化到這種程度。」

賈吉差點昏倒。

穩やか貴族の休暇のすすめ。17

097

但劫爾馬上踹了他的椅子一腳，讓他回過神來。雖然劫爾腳下留情，卻不允許他逃避現實，眼下利瑟爾那副隨時都要說出「我也來使用這個說法看看吧」的模樣，明明是讓人最想逃避現實的地方啊。

「必須透過現場的氣氛才能精準判讀這句話的意義，所以要使用在文章之中就⋯⋯」

「你饒了他吧。」劫爾說。

「咦？」

不要再為他講解具體用例了，對買吉感到同情的劫爾出言制止。

劫爾也不樂見這種事發生。他能輕易想像利瑟爾摸索著使用「太扯了」，然後一臉洋洋得意的模樣，所以更想防患於未然。可是對利瑟爾而言，這明明是只靠一句話就能表達肯定與否定、同感與拒絕的劃時代重大發現啊。

附帶一提，史塔德面無表情地凝視著利瑟爾，至於他內心的想法就不得而知了。

「我認為語言也不應該停止變化。」利瑟爾說。

「我對此倒是沒有異議。」劫爾說。

「支配者也說了嘛，『停滯與完成有害而無益』。」

利瑟爾吃著沙拉說道，老者聽了大吃一驚，舉起喝到一半的酒杯問⋯⋯

「怎麼，你們還有那方面的人脈啊？」

「不是人脈。」劫爾說。

「該怎麼說呢,就只是我們私底下見過面而已。」

「啊?」

真不知道該怎麼說才好。

若說是被害者與加害者的關係,總覺得利瑟爾他們自己好像會變成加害的那一方。說是研究者與實驗體好像最為精確,但要是真的這麼說,賈吉和史塔德就會知道不該知道的事了。

兩人儘管知道利瑟爾在大侵襲中讓人支配了自己,但並不知道對方竟然是異形支配者。知曉國家隱匿的內情將伴隨著相應的責任,利瑟爾實在不能輕易說出這件事。

就在這時,挑起一邊眉毛、一臉詫異的老者,忽然露出恍然大悟的表情,衝著他咧嘴一笑。

「哼哼,那原來就是你們啊。我還想說,近年居然有這麼有骨氣的冒險者,真是沒想到、沒想到啊。」

「啊,原來您知道這件事。」

「知道啊。那些魔物要是跑到我們這邊來,我也能久違地大顯一下身手了。」

老者說的是大侵襲吧,他張嘴大笑的模樣充滿了冒險者風範。

對於實力高強的冒險者而言,大侵襲不是危機,而是賺錢的好機會,說不定還

利瑟爾這麼想著，看向劫爾，後者回望過來，表情像是能盡情大顯身手的遊戲場。利瑟爾這麼想著，看向劫爾，後者回望過來，表情像在問他「有什麼事」。

利瑟爾回以微笑，示意他「沒什麼」。

劫爾無奈地將視線轉向老者，以與表情同樣無奈的語氣質問道：

「情報從哪裡洩漏出去的？」

「什麼洩漏，沒那回事。國王大叔打一開始就跑來找我哭訴啦。」

國王應該不可能直接跑來拜訪他吧。頂多是帶著國王的口信快馬趕來的程度，也是特例中的特例。聽見他這麼說，原本聊著秘方，但是又猜不到是什麼」的賈吉他們，也中斷了對話看向老者。

集在場所有人的視線於一身，老者彷彿回想起孩子出糗的模樣似的，笑著開口：

「我好像吃得出這道菜加了什麼問，也是特例中的特例。聽見他這麼說」

「可能有那種事。」

「他問我說，怎麼辦～我們好像惹一刀生氣了。」

「咦，劫爾大哥生氣會造成撒路思的困擾嗎？……好像會哦。」

「感覺應該能找出他曾經毀滅某個國家的軼事。」史塔德說。

聽見兩個年輕人以他能毀滅國家為前提討論，劫爾皺著臉如此吐槽。

老者見狀，一邊往自己杯中倒入新酒，一邊從丹田發出笑聲。老婦人從門外路過，探頭進來叮嚀他「別太打擾客人囉」，老者舉起一隻手回應。

「我們這兒的情況比較特別一點，上一任國王曾經被暴怒的冒險者打得鼻青臉腫。」

「那位冒險者就是您嗎？」

「喔，怎麼樣，老子看起來像是會跑去挑釁國家的那種傻蛋嗎？」

雖然不傻，但跑去挑釁倒是很有可能，利瑟爾等人如此想道。四個人不約而同地沉默看向老者，只見他扯了扯一邊臉頰，不承認也不否認。

「當時的公會想必也很辛苦吧。」利瑟爾說。

「挨那裡的老太婆一頓臭罵，可是夠你受的囉。」

「撒路思的冒險者公會，也有像史塔德這樣負責以暴制暴的人嗎？」賈吉問道。

「我不知道那算不算是以暴制暴，不過……」

史塔德用手將麵包撕成兩半，說：

「我曾經聽過撒路思王都的公會職員說過。那位職員在撒路思親眼見到有冒險者在大庭廣眾之下作亂，結果被一位女性當場狂打屁股，那位女性應該就是公會職員一家的母親。」

「唔哇……」

「在憲兵……不對，自警團聞風趕到之後，那位職員還是打個不停，最後像親生母親一樣鞠躬說：『如同各位所見，我已經好好管教過他了，還請各位高抬貴手，從寬處理。』據說大部分冒險者看到她那副模樣都哭了出來。」

這在各種意義上確實是讓人滿想哭的。

在撒路思行動時要特別小心了,在場的兩名冒險者銘記於心。不同於一動手就將人凍結的史塔德,在真的遭到打屁股懲罰之前,還有些許緩衝時間,大概是唯一的救贖了。

「她們的手段居然都沒變嗎……」

老者面部抽搐,如此喃喃自語,幸好這句話沒傳進任何人耳中。過一會兒,他又開口:

「哎,說著說著就離題了,不過你們儘管放心。」

「放心什麼啦。」劫爾回問。

老者拿著斟滿了酒的杯子站起身來,說:

「我告訴過他們別管你們了。目前他們應該也只去窺探了一下你們的臉色吧?」

原來是這樣,利瑟爾和劫爾恍然點頭。

西翠曾告訴他們「撒路思的國王會選擇置之不理」。利瑟爾一直覺得撒路思試探的頻率有點高了,不太像真的想置之不理的樣子,但現在看來,那似乎真的只是在試探他們的臉色。他們只是擔心一刀真的會揮舞著大劍殺過來,所以才試圖窺探利瑟爾一行人的情況。

畢竟對方可是最強冒險者,撒路思要是認為劫爾發動突襲時他們無法阻擋,那
  
優雅貴族的休假指南。⑦

102

「算是成名稅了呢。」

利瑟爾揶揄似的微笑道,劫爾聞言哼笑一聲,將蘆筍肉捲扔進口中,說:

「是啊,明明沒因此占到什麼便宜,還得繳稅。」

「你們儘管喝,喝到早上也行。」老者留下這句話便離開了,四人目送他走出餐廳,便繼續享用這頓大餐。

清空一盤菜餚,老婦人便立刻替他們端上一盤新的料理。因此他們的刀叉停不下來,酒也一口接一口,開始放慢步調的只有利瑟爾一個人。賈吉察覺了這件事,客客氣氣地問他需不需要幫忙盛些什麼,利瑟爾便只託他拿了些較無負擔的小食。

「對了,今天史塔德抓到了小偷哦。」

「那你在幹什麼?」劫爾說。

「我在外面跟西翠先生說話。」

利瑟爾朝史塔德露出讚許的微笑。

畢竟史塔德可是空手制伏了那個竊賊。身強體壯的冒險者遭到他攻擊是死不了,但非冒險者可就完全不同了。記得要手下留情真是太了不起了,利瑟爾毫不吝惜地表達讚賞,彷彿看見史塔德背後有小花飛舞。

「你該不會又跟Ｓ階的交涉了什麼委託吧。」

「不是的。」

回想起過去的事，劫爾有些詫異地問道，不過利瑟爾搖了搖頭。

其他隊伍接下的委託，還是盡量不要代為完成比較好──利瑟爾還記得從前人家對他的這句提點，這並非斥責，而是忠告。上一次若不是牽涉到前往阿斯塔尼亞的手段，他多半也不會接受那場交涉。

「是西翠先生臨時需要送禮，但不曉得該挑什麼禮品才好，所以才來找我商量。」

「為什麼找你啊⋯⋯」

「因為送禮對象是女性呀。」

這答案好像有點答非所問，但劫爾隱約猜到了事情原委。西翠會這麼認真挑選禮物的對象，又是女性，那只有可能是一個人。再加上事態緊急到必須把正在和兩個年輕朋友吃飯的利瑟爾叫到餐廳外面，這表示送禮的契機也來得相當突然。

事關隱私，確實不是什麼該大肆宣揚的事。很好啊，值得恭喜，他事不關己地想。

「啊⋯⋯」

同一時間，餐廳裡的燈光突然黯淡了幾分。

「魔力耗盡了呢。」

賈吉輕呼了一聲,利瑟爾也看向牆壁上的燈。

魔力尚未完全用盡,魔石還在玻璃燈罩中隱約發著光。還留有足夠的亮光讓大家看見彼此、照常吃飯,因此所有人都相當鎮靜,經營旅店的老夫婦應該已經回到自己房間去了。

時間已近深夜,擅自補充魔力是不是不太好?利瑟爾邊想邊站起身來。

「對了,以前公會長曾經說過,在這種亮度的燈光下講恐怖故事是人生的醍醐味,還特地為此召集職員。」

史塔德就在這時這麼說道,利瑟爾於是粲然一笑,又坐了回去。

「好啊,假如利瑟爾大哥想玩的話……可是,恐怖故事是什麼樣的故事?」賈吉問。

「如果是人生的醍醐味,那就沒辦法了呢。」

「為什麼啊?嗯……」

「那麼劫爾,就拜託你了。」利瑟爾說。

「不知道,當時我沒參加。」

「因為劫爾面目兇惡,旁人常覺得他很恐怖嘛。利瑟爾這麼想著,催促劫爾先說,但這思路不太對勁。

劫爾一面挑選接下來要喝的酒,就著微弱燈光瞪視著酒瓶上的標籤,心裡一面

尋思。恐怖故事，只要能讓別人感到恐怖就可以了吧？他這麼設想道，隨便想了個點子，隨便說了句話：

「只要五秒，我就能讓你們所有人再也站不起來。」

「其中四秒鐘，大概都要歸功於史塔德的努力吧。」利瑟爾說。

「沒想到你這麼看得起我，有點意外。」史塔德說。

「這該說是恐怖嗎⋯⋯我反而有種大開眼界的感覺，有一點點感動。」賈吉說。

所有人的反應都不太對勁。

根本沒有一個參加者理解這項活動的宗旨，也分不清恐怖發言和恐怖故事的區別。他們手上用餐的刀叉甚至都沒有停下，根本把這當成是點綴餐桌的一個話題，實際上還真有那麼點炒熱氣氛的效果。

「那麼，下一個就換我吧。」利瑟爾說。

賈吉和史塔德或許喝得有點醉了吧。

利瑟爾這麼想著，回首往事似的垂下眼簾。恐怖故事，也就是自己曾經感到害怕的事情吧。他從幾次感到恐懼的經驗中隨意選擇了其中之一，沒什麼特別的理由。

只是感到有那麼點懷念而已。

「故事發生在遙遠的國度，那裡有一座書庫。」

聽見利瑟爾柔和的語調，三人的視線紛紛匯聚到他身上。

「那是座非常巨大的書庫。大廳至少有十間書店那麼大，相應數量的書本整整齊齊地排列在裡面。書庫一直延續到地底下，那裡有無數的書櫃被燈光照亮。」

餐廳裡的燈光微微搖曳。

是由於魔力減弱，使得魔石不安定了吧。周遭雖然不至於變得極度昏暗，但燈光偶爾會柔弱地搖擺，看上去就像蠟燭的火光似的。

「當時，我正在那裡尋找一本書。」

真是老樣子。劫爾等人並未感到疑惑，繼續聽下去。

「我的目光沿著緊密排列的書脊，一本本看過去，就在這時，忽然有一道白色的影子掠過我的視野邊緣。」

賈吉微微縮起肩膀，吞了吞口水。

從史塔德臉上看不出任何變化，唯獨劫爾察覺到什麼似的，露出了狐疑的表情。

利瑟維持著平穩的語調，不疾不徐地繼續說下去。

「在被紙張與墨水填滿的空間中，那東西不聲不響，就這樣從半空中飄過去。」

利瑟爾抬起低垂的眼瞼。

那個人就在賈吉背後，沒有人知道他是何時出現的。

雙唇勾勒出一彎新月，一般人所沒有的尖齒自其間露出。蒼白不帶血色的肌膚，在光線昏暗的餐廳中隱隱浮現。

「我循著那東西看過去,當我回過頭,竟然看見──」

利瑟爾說到這裡,靜靜微笑。正當賈吉聚精會神凝視著利瑟爾的時候,十隻手指從後方纏上了他的脖頸。

「咿……!!」

「哇塞,你發出像雞被掐死一樣的聲音欸。」

賈吉嚇得連叫都叫不出來,泫然欲泣地回過頭去,就看見伊雷文站在那裡哈哈大笑。我看你很怕嘛,所以就嚇嚇你──聽見那人毫不內疚地這麼說,賈吉垂下了肩膀。側眼看著這一幕,劫爾無奈地朝利瑟爾開了口:

「你說的是你的寵物吧。」

「我一回過頭,就看見牠們變成了兩隻。我一次也沒目擊過牠們增殖的情形,按照常理完全無法想像牠們到底是怎麼增加的。不覺得這很恐怖嗎?」

「你的寵物會自己變多?」史塔德問。

「伊雷、伊雷文,你不要開這種玩笑啦……!」

「喔,有好多大餐,賺到啦。」

「我看你們氣氛正好啊。」

史塔德不明就裡地問,而伊雷文也加入了這場盛宴。

就這樣,熱鬧的夜晚變得更加喧囂,一群人一直聊到了月亮西斜的時刻,最後是史塔德不小心坐在原地睡著,差點一頭栽進盤子裡,這場餐聚才宣告結束。

優雅貴族的休假指南。17

108

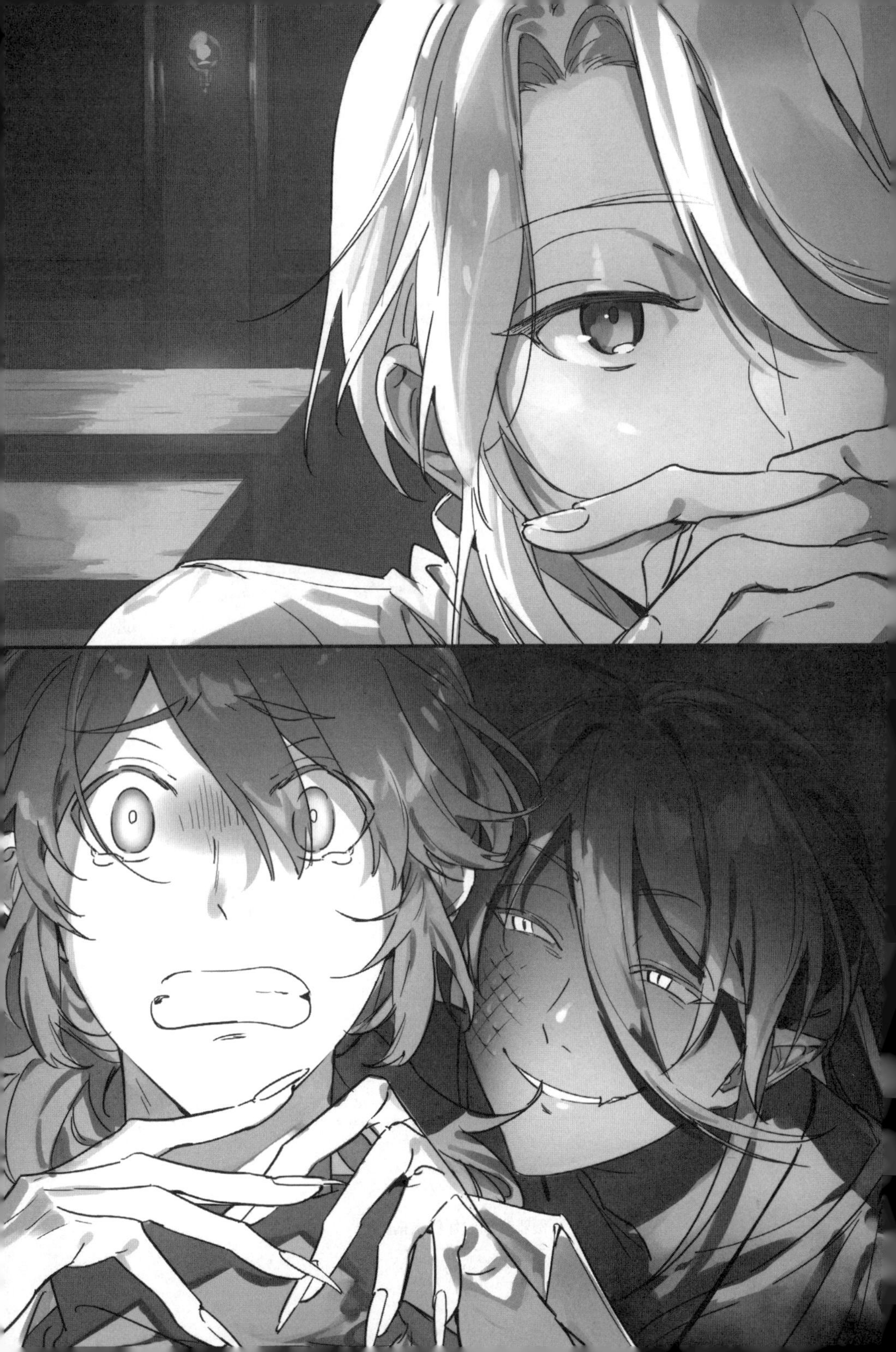

順帶一提，是劫爾眼明手快地阻止了他撞上盤子。

隔天，買吉邊哼哼著說頭好重，邊坐上車夫席；史塔德則是完全不受影響，一臉神清氣爽地上了馬車。利瑟爾和老夫婦一起面帶苦笑，目送他們倆離開。

179

平常總是吵吵鬧鬧的冒險者公會，今天又更喧鬧了幾分。

所有人一來到公會，便馬上衝了出去，嘴裡異口同聲說的都是同一句話：

「『海賊船』出現啦！」

聽見這句話，前來接委託的利瑟爾等人面面相覷。

不過，一臉納悶的只有利瑟爾一個人。劫爾和伊雷文帶著心領神會的表情，說著「原來已經到了這個時期」、「這次好像出現得比較早」。注意到利瑟爾豎耳聆聽，想弄懂這是怎麼回事，兩人便決定先從公會門口離開。

其他冒險者看也不看委託告示板一眼。

三人於是移動到難得乏人問津的櫃檯前面。由於無法立刻衝出公會的冒險者們正在大廳裡四處交涉，準備組成臨時隊伍，櫃檯前便成了最方便談話的地方。

「所謂的『海賊船』啊──」

該怎麼說才好？伊雷文將腰部往櫃檯上一靠，邊想邊開了口。

熟悉的那位職員正在桌前忙碌，但即使有人靠上她的桌子，她臉上的笑容也沒有半分動搖。

「它是每隔幾年就會隨機出現的迷宮。」劫爾說。

「沒錯沒錯,而且還會在好幾個國家同時出現。」

劫爾簡明扼要地解釋,而伊雷文跟著補充。利瑟爾聽了不禁眨了眨眼睛。迷宮理應是獨一無二的,他們甚至從沒見過任何迷宮使用同款設計的門扉。不過,考慮到平常同時潛入迷宮的冒險者在迷宮裡也不會遇見彼此,一座迷宮不管有幾扇大門,好像都沒什麼好奇怪。

「也就是說,同一座迷宮會出現複數的門扉嗎?」

「喔,不愧是隊長。」

「一旦進了迷宮,裡面就跟一般迷宮沒兩樣。」劫爾說。

「迷宮每一次出現過後都會消失,對吧?消失的條件是通關嗎?」

「好像是,或者過了幾天它也會自己消失。」伊雷文說。

「不過也可能每一次都有人通關,只是我們不知道。」劫爾說。

「啊,原來如此。」

如果門扉在每個國家都出現,那同時潛入迷宮的冒險者數量想必相當驚人。如果在迷宮消失的時候沒聽說任何人通關,那有可能是因為那座迷宮真的有時間限制,也有可能是因為陌生國家的冒險者搶先通關了,也有可能是因為那座迷宮真的有時間限制。公會認真探聽一下或許能釐清真相,但至今似乎沒有冒險者在乎過這種問題。

利瑟爾朝著坐在櫃檯內側的職員窺望了一眼。她聽著三人的對話不時點頭,親切美麗的笑容牢牢服貼在臉上,不過利瑟爾一朝她看過來,她便立刻換上了抱歉的

「真的非常抱歉～敝公會也不清楚詳情……如果您有需要，我們可以為您詳細調查～」

「沒關係，不用麻煩了，不過還是謝謝妳。」利瑟爾微笑道，沉吟著點了一次頭。

「那麼，這想必比起出現新迷宮更熱鬧得多吧。」

「你看就知道了。」劫爾說。

「公會裡完全沒人，笑死。」伊雷文說。

就跟新出現的迷宮一樣，通關報酬先搶先贏。

但競爭對手的數量多上太多了，而且在有人通關的瞬間，迷宮便會隨之消失，這可是數年只出現一次的迷宮，在裡頭取得的奇特迷宮品想必也能高價出售。

最重要的是，如果真能通關這座迷宮，便能取得截然不同於其他迷宮的冒險者榮譽。沒有哪個冒險者不會為此心動，因此所有人才會爭先恐後地往迷宮跑。

「我們也去。」

劫爾說道，難得在利瑟爾徵詢意見之前，他便主動提出了行動方針。

往那邊一看，那雙銀灰色的眼瞳好戰地瞇細，而且就連伊雷文，也愉悅地露出尖牙以示贊同。利瑟爾也跟著露出了笑容，三人心照不宣地掉頭折返，踏出才剛走過的公會大門。

「你們兩人都沒去過那座迷宮嗎？」利瑟爾問。

「上一次好像已經是五年前了吧？而且我又不常潛入迷宮。」伊雷文說。

「時間沒對上。」劫爾說。

「這麼說也是，夸特現在也一直待在迷宮裡呢。」

目送三人離開之後，公會裡幾乎所有冒險者都已不見蹤影。百花爭妍般美麗的職員們為了消化不掉的委託嘆息，同時卻也期待得雙眼發亮。

街道上隨處都能聽到傳言，三人順著人流前進。

最後抵達了撒路思北部，稍微靠近大橋的地區。那裡有座棧橋，比起「湖中市集」的棧橋更加寬闊宏偉，平常是釣客聚集之處。幾艘小船以繩索繫在棧橋邊，眼前寬闊的湖泊上也漂浮著點點小船──這裡本該是能看見寧靜風景的地方。

現在卻不同了，棧橋另一端，隔著波光粼粼的湖面，有一艘巨大的船隻浮在水上。

船帆各處可見破洞，帶著點髒汙，不過還是傲然掛在桅杆上。甲板上的圍欄歪曲，船身破了洞，卻絲毫沒有傾斜。船首有尊美麗的人魚像，反射著太陽光熠熠發亮。

一看就像一艘剛遭遇襲擊的海賊船。即便如此，這艘大船仍然不減威儀，本來應該讓人看得渾然忘我才對，可是……

優雅貴族的休假指南。17

114

「這艘船能坐五個人哦——看過來、看過來，只要支付一枚銀幣就能搭船哦——」

「防水布便宜賣哦，防水布——沒準備就傷腦筋囉，防水布——」

「那邊的讓一讓、讓一讓，有船隻要通行！」

「經商精神真是旺盛呀。」

多虧了把握這絕佳機會跑來做生意的撒路思國民，這裡熱鬧得不得了。

「那些都是普通的釣魚人吧。」

「難得有這機會載人，他們大概想賺點零用錢吧？」伊雷文說。

平常悠閒釣魚的人們紛紛朝冒險者伸出手，提議載他們過去。

賣餐點、賣布的攤商也聚集過來，還有人或許看準了這次商機，不知從哪裡搬來了小船。除此之外，看熱鬧的群眾也紛紛前來圍觀，攤販船又瞄準了這些群眾過來做生意，簡直把這裡弄得像慶典會場一樣了。

快點快點、加快腳步，冒險者爭先恐後地趕往那艘巨大船隻，群眾的打氣和起鬨聲自他們背後飛來。

「要在這當中上船啊……」劫爾說。

「簡直像在表演給人看嘛。」伊雷文說。

兩名隊友一個受不了、一個哈哈大笑，利瑟爾將他們倆擱置一旁，兀自環顧周遭。

除了圍觀群眾和商人之外，還有貌似是畫家的人熱切地為海賊船畫著素描，也能看見隸屬於魔法學院的白袍學者。迷宮之謎完全不合乎學理上的解釋，利瑟爾原以為學院人士不會想與它有所接觸，不過看來他們還是對迷宮感到好奇。那些學者們一邊說著「哈哈哈，真是完全搞不懂」，一邊望著充滿未知的巨大船隻。

「像那樣的船隻，也會出現在王都和阿斯塔尼亞嗎？」利瑟爾問。

「我好像在阿斯塔尼亞看過欸，一艘大船直接出現在海上。」

「我聽過傳聞，說王都水路裡出現了小船。」

真不愧是迷宮，似乎會配合環境準備不同規格的海賊船。

順帶一提，海賊船出現在阿斯塔尼亞時一度被誤以為是真正的海賊來襲，國家差點投入軍隊作戰。在王都，海賊船則是出現在分隔中心街與外圍城區的護城河上，憲兵一開始還想當成國民的惡作劇處理。不過到了現在，各國已經習以為常，相關人士之間也嚴謹進行交接，因此大多數地方都見怪不怪，知道是迷宮「海賊船」又出現了。

「那麼，我們也來找艘小船載我們一程吧。」

「在棧橋上等就能搭上船了。」劫爾說。

「那回程該怎麼辦呢？」

「從那邊揮揮手，他們應該會過來接我們吧？」伊雷文說。

就這樣，利瑟爾一行人鑽過看熱鬧的人群，往棧橋走去。

甲板上有一扇門扉。

踏進那扇門之後便是迷宮了。冒險者就像船員那樣聚在甲板上，三人也跟在他們後頭鑽進門扉，平凡無奇的船內空間便映入眼簾。

或許是為了讓冒險者們幾個人聚在一起也便於行走，船內空間比起一般船隻更寬敞一些。不過天花板高度仍然偏低，較狹窄的通道上有些武器揮舞起來可能稍微不便。走廊上各處可見木材朽壞之處，每踏一步都吱嘎作響，周遭能隱約聞到浸透木板的海潮香氣。

腳邊晃地面的搖晃感相當顯著，這艘船一點也不像漂浮在平靜的湖面上。這顛簸的感覺更像是行駛在海上，令人深深感受到迷宮的外側與內側果然是完全不同的空間，通道寬度也是其中一種跡象。

刻在牆面上的刀痕，不知是同伴反目成仇的打鬥痕跡，還是遭人入侵留下的傷痕？

「船隻外觀上也有遭遇襲擊的痕跡，是遭到船員放棄的海賊船嗎？」利瑟爾問。

「只是迷宮刻意做出的效果吧。」劫爾說。

「也是啦，要是乾乾淨淨的，看起來就跟普通的船沒兩樣嘛。可能只是要製造氣氛而已？」伊雷文說。

這也有可能，利瑟爾這麼想道，手掌沿著牆面上的刀痕撫過。

同時，對於這艘船是否真的遭到放棄，他也感到懷疑。

要問為什麼，那當然是因為不斷傳入耳中的腳步聲了。那聲響太生硬，不像鞋底摩擦的聲音，比起腳步聲更像是拐杖敲在地面上走動的聲音。不規律的聲響在門扇的另一側左右徘徊，毫無疑問是有人在那裡來回走動的聲音。

每從一扇緊閉的門扉前方走過，便能聽見同樣的腳步聲。假如那真的是船上的居民，那麼利瑟爾等人無疑是他們的敵人，是這艘船上無禮的入侵者。

不曉得對方會不會歡迎他們⋯⋯這想法可能太過樂觀了點。

遭受襲擊卻覺得對方打得有理，將他們視為同伴，這也是很難得的經驗呢。」

「你又冒出什麼奇怪的想法了⋯⋯」

「在這種場合，我們是什麼角色啊？敵對海賊？還是正義的一方？」伊雷文問。

「不可能是正義吧。」劫爾說。

「扮演海賊感覺很不錯呢。」

「隊長，你之前都在巨大書本裡被迷宮判定過不像海賊了。」

「所以我這次才要雪恥呀。」

利瑟爾是個懂得善用失敗經驗的男人，從不讓失敗永遠只是失敗。先前在那座滿是書本的迷宮裡，利瑟爾在巨大書本當中完美扮演了海賊，卻只因為「感覺沒什麼海賊氣魄」這種無理取鬧的理由被迷宮判劫爾無奈地嘆了口氣。了出局。出局的標準不明，但利瑟爾將臺詞念得一字不差，所以劫爾和伊雷文確信

原因鐵定是這樣沒錯。

考量到那次經驗，利瑟爾要雪恥恐怕是不太可能。但劫爾半是同情、半是不想多管閒事，並沒有將這句話說出口。利瑟爾想做什麼大可儘管去做，他是這麼想的，也可以說他抱著一點看好戲的心態。

這時，不知是巧合還是陷阱，走過敞開的門扇時，他們忽然與門內的一具骷髏四目相對。

三人從不知第幾扇門前走過。

「喔，果然是骷髏。」伊雷文說。

「啊。」

骷髏裹在頭上的頭巾已經從頭蓋骨上滑落，勾在鎖骨上，原本纏在腰上的飾帶也在骨盆上晃蕩。腳跟的白骨從磨損殆盡的鞋底下露了出來，彷彿證明了牠們死後仍然在船內不停徘徊。就是這頭頭反覆撞擊地面，才發出那種堅硬的聲音。

那魔物一看見利瑟爾等人的身影，便立刻舉起鏽蝕的彎刀襲擊而來。

「骷髏真的很愛打扮呢。」

「不過牠們確實在每座迷宮裡都長得不同。」劫爾說。

「牠們使用的武器一直變來變去，說起來也是真的麻煩。」伊雷文說。

骷髏這種魔物，總是強烈反映出每座迷宮不同的特色。

在類似森林環境的迷宮，牠們打扮成獵人，拉弓射箭；在類似城堡的迷宮，則

身穿鎧甲，揮舞起雙手劍來。牠們有時單獨作戰，有時會組成部隊圍攻，碰上不同迷宮的骷髏，戰法也必須隨之改變，因此不少冒險者都不擅長對付牠們。

不過，利瑟爾他們此刻還在迷宮淺層，敵方也只有一隻骷髏，三人並未陷入苦戰。

遭遇襲擊的伊雷文輕易斬殺了那隻骷髏，散架的白骨散落在地面上。變成這副德性之後，骷髏就再也動不了了。

「裡面會有什麼東西嗎？」利瑟爾問。

「淺層還不會有吧。」劫爾說。

「說不定迷宮看準我們會這樣想，故意出其不意？」伊雷文說。

三人於是踏進了失去主人的房間。

與其說是生活區，這裡更像間倉庫。堆積的貨物被固定在船艙裡防止倒塌，沒有蓋子的空寶箱裡堆積著塵埃。撿起掉在地面上的繩索，輕輕一拉，它便斷裂了。

一行人迅速確認完周遭，做出了這裡什麼也沒有的結論，便打算繼續往前走。

「（啊，是傳聲筒。）」

就在這時，利瑟爾忽然發現角落有個傳聲筒，於是朝它走近。

走到這裡短短的路程之間，他們也數度看見走廊上方遍布的金屬管道。船上似乎設有許多傳聲筒呢，利瑟爾這麼想著，探頭打量位在門框旁邊的那支傳聲筒。它看起來還能正常運作。

金屬製的傳聲筒色澤黯淡，伸出指尖一碰便感覺到涼意。利瑟爾將手指搭在緊閉的筒蓋上，思索著要不要說些什麼試試，同時準備將它打開。

「啊隊長，你等──」

「咦？」

伊雷文察覺他要做什麼，出聲叫住他的時候，利瑟爾已經把筒蓋打開了。

『所以我才問你說的到底是哪裡啊！』

一聲怒吼隨之響徹周遭，利瑟爾有些吃驚地放開手。

劫爾怒吼的餘音，利瑟爾回過頭去徵求解釋，便看見劫爾蹙著眉頭，伊雷文則是面帶賊笑，一臉知道內情的模樣。

利瑟爾和劫爾於是轉向一看就是握有情報的伊雷文。

「喂，剛才那是怎麼回事？」

「那是誰的聲音呀？」

「原來大哥也不知道喔？在這座迷宮裡，大家可以跟同時潛入迷宮的其他傢伙講話。」

利瑟爾眨了眨眼睛，與同樣一臉不解的劫爾面面相覷。

換言之，他們剛才聽見的便是某國冒險者的聲音了。原來還有這種迷宮呀，利瑟爾不禁讚嘆地吁了一口氣。能跨越隊伍的藩籬攻略迷宮確實是滿有趣的，不

過……

「能交談又怎麼樣？」

「大哥，你問我，我問誰啊。」

現在冒險者之間可是競爭狀態，看誰能搶先通關。將利於攻略的情報傳播給不特定多數人根本沒有意義，假如刻意散播假情報，那更是只會阻礙自己未來的冒險者生涯。不過之所以不執行後者，比起良心譴責，還是「老子哪有那種閒工夫」占據了大半的理由。

「還是在迷宮外先找好彼此互助的同夥，進了迷宮之後就可以利用傳聲筒溝通？」利瑟爾問。

「我們也能聽見，可見所有作戰計畫都會洩漏得一乾二淨。」劫爾說。

「說得也是。」

利瑟爾再次掀起傳聲筒的蓋子，這一次只掀開一點點。剛才只注意到那一瞬間的最大音量，但這麼仔細一聽，便能聽見複數人的說話聲。

想必是來自眾多國家、無以計數的冒險者正在交談吧。豎耳傾聽，有迷路的冒險者在問：「這是哪裡？」有呼叫救援的冒險者在問：「我們掉進了這種陷阱怎麼辦？」有人挑釁地炫耀：「我們找到寶箱了，太爽啦太爽啦！」還有人對著傳聲筒大喊，只是在玩鬧。

「看來還是命中了冒險者的喜好,看到這種東西就想試用。」劫爾說。

「說到船,當然就要用這個啊,實際上隊長也被釣到了嘛。」

「這是一種浪漫呀,浪漫。」利瑟爾說。

利瑟爾只在孩提時代接觸過這東西一次,那是趟外國旅遊,他在船長等人的守望下試用過傳聲筒。

那時候,印象中是瞭望臺上的船員回應他的。「你聽得見嗎?」聽見小利瑟爾的呼叫,船員很配合地柔聲回答:「是的,聽得見哦。」真是段平和的對話,和眼前混亂無序的場面完全相反。

沉浸在回憶之中,利瑟爾仔細傾聽眾人的對話,忽然在其中聽見熟悉的聲音。

「裡面有幾位我認識的冒險者呢。」

「你聽得出來?」劫爾問。

「我不太會忘記別人的長相和聲音。」

「職業病欸——」伊雷文說。

兩人投來揶揄般的視線。這明明不是什麼壞事才對,利瑟爾露出苦笑。

接著,他稍微想了想,便將傳聲筒的蓋子完全掀開,音量龐大的怒吼和怪叫頓時響徹了整個室內空間。

感覺會引來魔物呢,利瑟爾邊想邊將雙唇湊近話筒,並未提高聲量,語氣平穩地說:

「王都帕魯特達的諸位冒險者們,我有一件事想要請教。」

無機質的傳聲筒另一頭,原本喧囂聲戛然而止。

在短短幾秒鐘的沉默之後,吵鬧聲又逐漸增加,開始聽見有人回應:「剛才那是誰?」、「貴族小哥也在啊?」、「剛才那是沉穩小哥?」看來迷宮大門真的出現在許多不同的國家呢,利瑟爾佩服地開口說道:

「請問史塔德是否平安抵達王都了呢?他昨天到撒路思來找我們玩。」

『呃……詳情我是不清楚啦,但早上有在公會看到他。』

「嗯,那就好。」

雖然他也覺得以史塔德的實力,無論發生什麼事應該都能平安回到王都,但利瑟爾還是姑且確認一下。

既然如此,賈吉今天應該也平安開著道具店吧,利瑟爾滿意地這麼點頭。在他身後,劫爾朝他的背影投以一言難盡的視線,而伊雷文根本不掩飾了,直接大聲爆笑。

「只是這件事讓我有點掛心而已,謝謝你了。」

『不、不會……』

他該不會就只是想說這件事而已吧,傳聲筒另一頭瀰漫著奇妙的氣氛。

利瑟爾絲毫不以為意,反正該問的事也問到了,正當他準備蓋上蓋子的時候……

優雅貴族的休假指南。17

124

『利瑟爾大哥──利瑟爾大哥利瑟爾大哥！你在嗎?!我們趕上了嗎?!』

『利瑟爾大哥──！』

「是的，我還在哦。」

忽然傳來一陣特別吵鬧的物體碰撞聲，有人你推我擠地朝著話筒吶喊。那是艾恩他們的聲音。怎麼了嗎？利瑟爾再次將蓋子拉開，伊雷文從後頭輕輕拉扯著他的頭髮。利瑟爾對此微微一笑，回應了那陣熱鬧的呼喊。

「你們介紹的那間餐廳，餐點非常美味哦。」

『啊，那太好啦！』

『那邊的肉真的超級好吃！』

『我們在那邊也常常去吃！真的是太好吃了！』

雖然已經沒有匿名性可言了，但反正這件事被人聽到也沒什麼大不了，他們於是繼續聊下去。

好了啦，你們趕快講正事，傳聲筒裡傳來不知名冒險者的聲音，看來有人在一旁聽他們對話。不回去攻略迷宮嗎？但如果他們是為了使用傳聲筒才在等候，那麼一直占著發言權也不太好。

雖然睽違已久沒和艾恩他們聊天了，利瑟爾感到有些惋惜，但還是迅速切入正題。

「所以說，你們找我有什麼事嗎？」

「啊，對啦——！」

聽見利瑟爾這麼敦促，艾恩等人精力充沛地說下去，聲音由於太靠近傳聲筒而發出爆音。

『我們在一個感覺絕對有東西的房間裡找到了寶箱，可是它卻打不開。』

『是插鑰匙打開的那種，呃……這是蜥蜴嗎？它看起來是蜥蜴的形狀——』

『鎖頭那個彎彎的地方就是蜥蜴的尾巴，像這樣咻地捲起來。』

『可是我們完全找不到鑰匙。隨便拿東西往鎖孔裡插也打不開，用上全力拉扯它也打不開，不管再怎麼把寶箱丟出去還是敲打它都打不破，真的不知道這到底要怎麼開欸。』

「喂，那是哪裡的房間！」其他冒險者喊叫著問，利瑟爾在這片喧鬧之中有趣地笑了。

「蜥蜴會斷尾吧，用劍也切不斷嗎？」

『咦，可是這個是金屬欸，看起來超硬的……切斷了！』

『打開了！』

『剛才我們用力到要把它扭斷都拉不開，結果輕輕一切就切斷了！』

『利瑟爾大哥，真的太感謝啦——！！』

他們好像連傳聲筒的蓋子也沒關，就往寶箱衝過去了。

遠方傳來一陣高聲歡呼，緊接著傳來戰鬥聲響，他們好像和衝進房間的魔物打起來了。都猜到了。聽了至今這一串對話的冒險者們紛紛這麼想，希望艾恩他們能從寶箱裡開到滿意的東西，利瑟爾這麼想著，也關上了傳聲筒的蓋子。在緊緊闔上的筒蓋另一端，冒險者們迴盪的對話聲終究沒有傳入利瑟爾等人的耳中。

『貴族小哥還是老樣子啊……既然有一刀在，搶先通關大概是無望了吧？』
『是說，沉穩小哥現在人在撒路思喔？海賊船也出現在撒路思喔，這競爭者也未免太多啦。』
『啥？喔，一刀……那剛才那個就是助理教授囉？難怪。』
反正都有一刀在了，我們還是互助合作吧。社群氣氛稍微和睦了一些，傳聲筒也恢復了它本來的用途。

設置於船隻各處的傳聲筒當中，有些一直保持著上蓋打開的狀態。在最初那次之後，利瑟爾等人並未特別留意那些傳聲筒，不過其中不時會傳出冒險者的求助訊息，比方說在某些機關處卡關了，或者是掉進陷阱而發出求救訊號。

能和其他冒險者互相交流的迷宮僅此唯一，機會難得，所以利瑟爾在注意到那些訊息的時候，也會在能力所及的範圍內回答。

順帶一提，關於陷阱的問題他會當作沒聽見。利瑟爾他們掉進陷阱時往往是靠著劫爾的體能暴力破解，實在是幫不上忙。

『喔，這不是助理教授嗎？看來我們中大獎啦。』

但是他每一次應答都被人視作大獎，這到底是為什麼呢？

三人聊著這種話題，不停往迷宮更深處前進。船內的空間十分寬敞，從外觀完全無法想像，並且呈現不斷往下方推進的構造，感覺早就該抵達船艙底部了，但不愧是迷宮，光憑構造完全無法判斷它的全貌。

按照這個距離，樓梯。按照劫爾和伊雷文的說法，以作戰的手感來說，現在他們很可能已經踏入了迷宮深層。

「這座迷宮可能不算太大喔。」伊雷文說。

「畢竟在此之前，好像也有人只花幾天就通關了呢。」

「沒錯沒錯，而且是一般人通關，又不是大哥。」

「啊？」

「你什麼意思？劫爾微微蹙起眉頭。

話雖如此，伊雷文這麼說也並非毫無道理。要通關一座迷宮，絕大多數冒險者都要花上至少一個月為單位的時間挑戰。更別說以完全通關為目標的人其實並不多，大多數冒幾天內通關，但這種速度才是特例。劫爾無論碰上什麼樣的迷宮都能在

險者都只攻略到符合自己實力的階層就不再推進。

這時，走在前頭的伊雷文忽然發現一扇奇特的門。

「喔，你們看，有扇不太一樣的門欸。」

「真的呢，是船長室之類的地方嗎？」

「難道頭目不是船長？」劫爾說。

T字路口右手邊的死路盡頭有扇門扉，看上去與其他門不盡相同，顯得厚重了一些。

門上並沒有華麗裝飾，但比起其他殘破朽壞、縫隙漏風的門扇，算是保存得相當完好了，可見這原本就是為了嚴密上鎖而打造的房間。感覺裡頭很可能有些東西。

劫爾一腳踩住襲擊而來的「活繩索」，利瑟爾將牠打上死結，伊雷文便在一旁打開那扇門，確認了內部沒有魔物。

但他卻帶著欲言又止的表情，回頭看向兩人。

「來，你請便。」

「裡面有什麼東西嗎？」

與其說是對他們兩人，正確來說，這話是對著利瑟爾說的。

伊雷文邀請他進門似的打開了門扇，利瑟爾一穿過門，映入眼簾的便是幾座書櫃，數量不算多，裡頭卻雜亂地塞滿了書籍。房間中央有張書桌，上頭放著一張攤

開的航海圖,書寫用具掉在地上,墨水四濺。這裡是測量室嗎?目送利瑟爾目不斜視地走向書櫃,劫爾也跟著踏進室內。被墨水染黑的地毯已徹底乾燥,踏上去便沙沙作響,皮革製的航海圖表面也佈滿龜裂痕跡。

「這些書都無法閱讀。」利瑟爾說。

整體而言,是個蒙塵已久的房間。

「我想也是。」

「好可惜喔隊長。」

「我本來還希望能在迷宮某處找到航海日誌呢。」

不知道船長室裡會不會有,利瑟爾這麼想道,也效法劫爾開始探索室內。航海圖上描繪著從沒見過的陌生地圖。不是這個世界的地圖,當然也不是另一個世界的。上頭畫著兩塊大陸以及無數島嶼,有人用筆在上頭打了個叉,還有箭頭經過中繼地點,一路延伸到打叉的位置。打叉處就是這艘船的目的地嗎?

利瑟爾在旁邊找到一行細小文字,於是將落到頰邊的頭髮撥到耳後,凝神細看。

「〔克拉肯⋯⋯?〕」

說到海賊就是強取豪奪⋯⋯這麼說或許太沒有夢想了一點。

就先假設這艘海賊船是為了尋寶而航行吧,那麼克拉肯或許是寶藏的俗稱,或者是沉眠著寶藏的島嶼名稱也不一定,利瑟爾如此猜測。這地圖和自己所知的世界完全不同,卻只有文字能夠閱讀,感覺有點奇妙。

「喂，你看這裡。」

「嘎？啥？」

劫爾忽然叫了伊雷文一聲。

劫爾就這麼抬起靴底，往地板上沒鋪地毯的部分敲了幾下。利瑟爾和伊雷文有點擔心他的腳會直接陷進地板裡去，不過多虧了迷宮規則，地板平安無事。迷宮不可能被破壞，這才是一般冒險者的常識。

「啊——有欸有欸，感覺好像是這邊。」

「有地下空間嗎？」利瑟爾問。

「不確定。聽得出聲音不一樣吧？」劫爾說。

平常從不發出腳步聲的伊雷文，刻意邊走邊以鞋尖輕敲地面。

他一路走向放有航海圖的書桌，在書桌旁蹲了下來，探頭往桌子底下看。

「應該是這附近……不知道桌子能不能推開欸。」

「很可惜，這是固定式的……來，幫你點燈。」

「謝謝隊長。入口會不會在其他地方啊？」

「意思是要我們推開書櫃？對吧？」利瑟爾說。

「然後書櫃後方就藏著暗門，對吧？」

為了在顛簸的船艙內正常使用，書桌的桌腳全都固定在地板上了。

三人一起探頭往書桌底下看，打趣地聊著海賊船的浪漫，一邊觀察地面。桌腳

下有沒有東西?書桌背後有沒有東西?一行人彼此這麼說著,聚精會神地仔細看過每個角落,終於在地板上找到了一條與木紋重疊的細縫。

「這算是縫隙嗎?有沒有縫隙啊?」伊雷文碎念道。

「有嗎?」利瑟爾問。

「啊,有欸有欸,用手摸能摸得出來。」

「要拿這縫隙怎麼辦?」劫爾說。

「拿東西插進去之類的……我想想,既然是海賊,用彎刀如何?」利瑟爾說。

「我身上不知道有沒有彎刀欸。」

「我有。」

劫爾說著,從空間魔法中取出了一把彎刀。

那毫無疑問是最上級的迷宮品,他卻毫不遲疑地將刀刃刺進縫隙當中。底下頓時響起某種東西彈開的硬物相擊聲,同時地板猛地向下打開,速度快得教人錯覺地板整塊掉下去了。

他們腳邊開了個正方形的洞穴。利瑟爾將亮光靠了過去,裡頭能看見一道梯子,一直延伸到洞底。

「這梯子沒腐朽吧。」劫爾說。

「感覺有點深?哎,不過這點高度,掉下去大概也不會怎樣啦。」

「洞穴深處還有通往旁邊的岔道呢。」

就這樣，三人潛入了他們找到的隱藏通道。

爬下梯子以後，能看見一條必須屈身前行的橫向岔道。是緊急避難通道之類的嗎？利瑟爾讓亮光飄浮在隊伍最前頭，便看見岔道盡頭出現了一扇門扉。

門上寫著血字，暗紅色的文字寫著：【何謂正義？論辯取勝】。

「還真不像海賊船的作風。」劫爾說。

「會嗎？船員姑且不論，不過船長感覺都十分擅長交涉呢。」利瑟爾說。

「為啥啊？」

「你想想，他們必須和國家交涉呀。」

假如只是開著一艘船做點壞事或許不需要，但如果組成了船隊，可就不是這麼回事了。

船隊首先便需要大量補給，光靠強取豪奪不足以滿足需求，必須尋找能供船隻定期、長期運用的補給港。因此，海賊會與海軍戰力較弱的國家約定在戰爭時提供戰力以換取補給，或是擅自在海上設置關口、徵收關稅，並繳納幾成給國家等等，無論如何都必須與國家交涉。

「那你們國家又是怎麼樣？」劫爾問利瑟爾。

「感覺在交涉之前就會把海賊籠絡成自己人了欸。」

「這就是陛下負責的領域了。」

利瑟爾並未多談，只回以微笑。

劫爾他們察覺了背後的含意，露出似笑非笑的尷尬表情。

「那這扇門裡面就是船長囉？」伊雷文說。

「別跟我說頭目戰就是耍嘴皮子吵架啊。」

「我想應該不至於才對。」利瑟爾說。

三人都彎下腰，在狹小的岔道上前進。

打頭陣的伊雷文一將手搭上那扇門，立刻便挑起一邊眉毛，一切似乎不出他所料。雙岔的舌尖舔過嘴唇，他回頭看向利瑟爾他們，拇指朝門內指了指，是裡面有活物的暗號。

既然要求「論辯取勝」，表示門內多半有個辯論的對手吧。這不難猜到，但這感覺又有點奇妙，不太像是魔物。不過不打開門也無從應對，反正也通知過隊友了，伊雷文於是毫不遲疑地推開門扇。

下一秒，視野中一捕捉到室內骷髏的身影，他立刻揮下雙劍，但手中的劍卻不知不覺間收回了鞘裡，驚得他目瞪口呆。伊雷文握住劍柄試圖拔劍，兩把利劍卻文風不動。

「嘎?!完全拔不出來⋯⋯」

「表示這裡的規矩是以言詞決勝吧。」利瑟爾說。

「那大概不至於遭到襲擊。」劫爾說。

門扇另一側的空間，一看就是間船長室。

門邊站著兩隻骷髏，喀答喀答地晃動下顎發笑。它們腰上繫著沒有絲毫鏽跡的佩劍，身上披著生前穿的襯衫，破洞的襯衫布底下露出肋骨和脊椎。從那些殘破的布料看來，它們生前打扮得比在船內徘徊的那些骷髏還要體面。

在利瑟爾等人的正前方，房間中央有張厚重的辦公桌，桌子對側坐著一具骸骨。它背著身後的金銀財寶，傲慢的坐姿與頭上那頂船長帽都相當適合它。它穿著一身類似於軍服的海賊服，一隻手肘擱在桌上，空洞的雙眼緊盯著三人。

無庸置疑，這便是這艘海賊船的船長了。

『喲，幾個不要命的。』

它化為白骨的下顎喀答喀答顫動。

同一時間，桌面上緩緩滲出文字。這一次看上去也像血字，卻聞不到血腥味。

從那些從容滲出的字句間，彷彿能感受到它不可思議的魄力與威嚴。

利瑟爾並未看向站在左右兩側的骷髏，只是面朝著船長骸骨，將手掌放在胸口。他沒有彎腰行禮，而是微微點頭微笑，擺出平起平坐的友善態度。

「謝謝你的邀請，船長。」

『居然來了個這麼乖巧的傢伙。你行的是哪一國的禮，吉盧韋還是亥克溫呢？』

「兩者皆非。」

利瑟爾仍然面帶微笑，不動聲色地偏了偏頭，瞥向劫爾。

後者朝他搖了搖頭。船長骷髏所說的國名並不存在,那麼它們究竟來自何方,又如何認知自己的身分?

但既然這裡是迷宮,或許思考這問題也沒什麼意義。

利瑟爾在腦海一隅這麼想著,草草打過招呼便切入正題。

「請問你舉行這次辯論,有什麼意圖?」

『正好能打發無聊。』

只剩白骨的食指敲了敲桌面,意思是叫他坐下。

那是堅硬的聲響,同時也傳來手上戒指互相摩擦的聲音。純金戒身、碩大寶石,是相當挑人的設計,戴在船長骷髏身上卻十分合適。

桌前只替他們準備了一張椅子。對手想必是率領麾下數百名部下的海賊船首領,那麼即便這個隊伍之中只有三人,還是應該由身為隊長的自己就座,最好不要讓對方察覺這個組織的任何破綻。利瑟爾如此想道,刻意不向另外兩人確認,便直接坐上椅子。

劫爾和伊雷文打從一開始就打算把這件事全權丟給利瑟爾解決,所以完全不抱任何疑惑。那兩隻骷髏依然站在門框兩側,兩人瞥了它們手上的彎刀一眼,站到了利瑟爾身後。

船長晃動著下顎骨笑了,在經久使用的辦公桌上吐露言詞。

『所謂的正義,便是我的敵人。』

彷彿被它不存在的眼球凝神打量似的，利瑟爾想道。對方的一舉一動，都散發出率領眾多部下拚搏至今的自負。本來要埋藏入土的亡骸就活生生存在於眼前，還保持著生前絲毫未變的霸氣。儘管無從得知其姿態與偉業（甚或是惡行），但無庸置疑，這船長生前肯定是個豪傑。

身為宰相時，他在曾經交手的他國重臣身上感受到的那種氣場，在面前這人身上同樣一覽無遺。還真懷念，利瑟爾只在內心感嘆了這麼一句，便開口問道：

「為什麼這麼說？」

「像我這樣罪大惡極、無惡不作的人，任何人只要殺了我，無論是什麼樣的惡棍，都能搖身一變成為英雄。」

「言下之意是，你自身便是絕對的邪惡？」

『那當然。』

船長骷髏笑了起來。

那雙空洞的眼睛仍然緊盯著利瑟爾，它脊骨後仰，擱在桌面上的指尖彈鋼琴似的躍動起來，自小指到拇指彈過了一輪，那堅硬的音色與守門骷髏上下顎相擊的聲響彼此共振。

伊雷文不悅地哼了一聲，手上仍握著拔不出來的劍柄。

『第一次聽見「你要乖乖守規矩」的時候，兒時的我氣憤難當。遭到訓斥、不能打人的時候，我噁心得吐了一地。像我們這樣的人若想活得快樂，當個亡命天涯

的惡徒恰到好處。」

循著逐一浮現在桌面上的暗紅色字句，利瑟爾的視線描摹而過。

他等候那些字句中斷，並確認對方不再說下去，才對上船長的視線，看向那幽暗的眼窩。不可思議的是，眼窩裡填滿了深沉的黑暗，看不見頭蓋骨內側。那是深淵的黑暗之色，使人錯覺一旦將手探入其中，便會無止盡地被吞沒。

在這種場合，無法判讀對方的表情比想像中還要棘手。不過利瑟爾對此不動聲色，只是有趣地瞇細了雙眼，擱在桌面上的雙手十指交疊。

「你喜歡刺激呀。」

『太愛了，簡直愛得想上了它。』

「我們隊伍裡，也有一位為了刺激賭上性命的伙伴哦。」

『啊！那真是難得的人才，真想將他挖角過來。』

「當然，我不會允許的。」

儘管規模不同，但兩人同為組織頭領，有些默契無須多言。雙方都沒把這玩笑話當真，只是為了對方的幽默發笑，而因為利瑟爾立即拒絕別人挖角，伊雷文的心情稍微好了一點。還真虧他有辦法同時進行這兩件事，劫爾無奈地想道，默默掌握了存在於室內的每一把武器。

「那麼接下來，就輪到我來談論正義了。」

利瑟爾凝視著曾是船長的那具骸骨，張開雙唇。

向純粹的惡徒講述正義，這種舉動除了諷刺以外什麼也不是，就好比試圖讓精銳盜賊理解「為什麼不能殺人」一樣徒勞。

這只是白白浪費時間，無論再怎麼費盡口舌都沒有意義。

假如真的有人向精銳盜賊宣揚這些，他們或許會深受感動、熱淚盈眶也不一定；或許會發自內心動容嗚咽也不一定；很可能有半數的精銳盜賊都會同意、理解，會接納對方所說的話。

然而在幾秒之後，他們肯定一抬手就殺死那個宣揚正義的傢伙，不抱任何特別的感慨。

他們內心的感動與啟發都毫無虛假，正因如此，他們在殺死對方時或許會抱持著由衷的謝意吧。也可能正好相反，他們在殺人時已經完全將那些事忘得一乾二淨。人們只能從中得知，他們是不需要任何意義、理由或動機，便能奪去他人性命的異常之人。

眼前這位海賊，肯定也是同一類人物。但既然迷宮要他論辯取勝，他也只能照做了。

該從哪裡切入呢？利瑟爾思索著，決定先嘗試較為輕巧籠統的一般論調。

「所謂的正義，也就是好感程度吧。」

『你的意思是？』

「正義是主觀的。人們並非愛好正義，只是將自己偏好的價值視為正義罷

『還真是不留情面啊。』

「會嗎？我不過是挑了一個比較耳熟能詳的話題而已。」

利瑟爾不可思議地這麼說道。

「國家就是這麼回事吧。國王之所以要博得人民支持，是因為不這麼做就會失去大義名分。無論推出多麼優秀的政策，一旦遭到人民厭棄，也會在一夕之間淪為邪惡的獨裁者。」

船長骷髏的肋骨跳動了幾下。

掛在它頸椎上的黃金項鍊在肋骨上躍動。它臉上沒有表情，也聽不出聲調，但多半正在愉悅地大笑吧。光是沒被它嗤之以鼻就已經十分成功了。

「而且，就算是懲惡揚善的故事，也總有讀者支持惡的那一方。」

『比我們扭曲得多了。』

「認識的作家曾告訴過我，這是學習了反骨精神的證據，是每個人的必經之路，換言之，就是一種成長。」

利瑟爾有趣地笑了。

那位外貌年幼，卻以成熟語調這麼說過的小說家，不知現在過得好不好？她說這話時似乎有些難為情，但利瑟爾從來不曾以這種觀點閱讀故事，因此聽得相當興味盎然。

「比方說，假如我們將主角從正義換成邪惡的那一方好了。人物配置大概和雙方陣營的主張都維持不變，只將故事的主要視角換到反派的那一邊。」

「這麼一來，讀了那故事的傢伙就會支持壞人？」

「至少，支持反派的讀者會比變更視角之前多上許多。他們會擁護反派的『主角』，認為其作為都有相應的理由，反而將正義方『敵人』的主張斥為冠冕堂皇的漂亮話。」

變更之前，與變更之後。

假如兩個版本同時存在，那或許兩種意見還能分庭抗禮；但如果打從一開始就只有後者存在，那麼反派的支持者便會顯著增加。即便正義與邪惡雙方的主張都從未改變，當讀者順著主角行動的軌跡一路閱讀下來，看見正義方指出主角的行徑是錯誤的，也只會憤怒地認為「那些人明明什麼都不懂」。

讀者群的差異等因素或許也有影響，但這與現在這場辯論無關，在此先擱置不談。假如眼前的對手願意偶爾浪費時間，挑剔一些無關乎正題的毛病，那這場議論想必也會輕鬆許多了。

「讀者會將自我投射在書中主角身上，即便不做投射，也有許多人會無條件對其抱有好感。」

「也就是說，剛才那個性格扭曲的小鬼是個例外。」

「那是她懂得從多種視角看待事情的證據，換言之，是一種成長。」

利瑟爾引用了小說家的原話，語氣中帶點惡作劇意味。順帶一提，利瑟爾也將小說家的這段發言告訴過某劇團的團長。他沒有其他意思，單純是利瑟爾自己感到相當欽佩，因此認為這或許能當作戲劇中塑造角色的參考而已。

團長卻只回了他一句話：「她那只是單純的個人癖好。」

「對於自己偏愛的對象，人們便會覺得那是正義的一方。」

利瑟爾正式做出結論：

「你一點也不偏愛那些你稱之為『正義』的敵對勢力吧？」

這麼一來，雙方便都陳述了自己的主張。

對方會怎麼出招呢？利瑟爾始終保持著一貫的微笑，船長骷髏朝他抬起下顎，喀答一聲，它的顎骨晃了晃。那是彷彿尋思著些什麼，準備認真投入某件事的姿態。

同一時間，劫爾他們從後方朝利瑟爾投以欲言又止的視線。利瑟爾說得振振有詞，好像這是他自己的意見一樣，但實際上不過是舉出了部分群眾的意見為例而已。畢竟，他們三個人都是不會將自己代入故事角色的類型。

話雖如此，思及利瑟爾那位前學生的存在，他剛才提出的意見或許也不是與自身想法完全無關吧，兩人這麼說服了自己。至於他對那人的偏愛究竟是不是源自於好感和正義，那就完全不得而知了。

優雅貴族的休假指南。17

142

『你想說，沒有哪個人能夠純粹地偏愛邪惡？』

「如果在邪惡的陣營中找到了大義，那它與正義也沒有區別，只是名稱改變了而已。」

『伶牙俐齒的傢伙。』

它笑得牙齒打顫，在半空輕晃的顎骨微微張開，發出喀答喀答的聲響。

船長骷髏往它身後有著厚靠墊的椅背上猛然一靠。手上奢華奪目的戒指在油燈的亮光下熠熠生輝，它張開雙手轉向站在門邊的兩名部下，搖晃著雙手朝它們示意。

『喂，你聽著。在這些傢伙心目中，我深受他們仰慕，是世上最好的船長。』

兩隻骷髏附和似的踏響了腳步。儘管它們已失去肉身，只剩白骨，沒有體重加乘的踏步聲卻仍然充滿威壓與脅迫意味，不難從中想像它們生前威風的模樣。

船長也將自己厚重的鞋底往地面上踏，呼應著部下的擁戴，並豪邁地探出身軀，它湊過臉來，一片漆黑的眼窩審視著利瑟爾，劫爾和伊雷文同時投以牽制的目光。在這裡得遵照迷宮的規矩，即使要出手恐怕也傷不到對方，但兩人仍然隨時準備好採取行動，等待毫不動搖地回望對方的利瑟爾表態。

『對這些傢伙而言，我是正義嗎？』

「難道不是嗎？」

「當然不是。這些傢伙明知道我是十惡不赦的惡棍還樂意追隨，全都是群不要

命的混帳。大義？不抱著那種冠冕堂皇的東西就一無所成的懦夫，早就全都變成鯊魚的餌料了。哎，還是你要告訴我，在邪道上筆直前進也算是一種正道？』

文字一一在桌上浮現，不屑得有如唾罵。

黑暗在它幽深的眼窩中波動，像夜晚的大海那樣深不可測，彷彿要讓人沉入其中。

利瑟爾追著那粗野的筆跡讀完，抬起了視線。他並未轉動臉龐，僅有那雙紫水晶般的眼瞳從桌面轉向了船長。船長白骨的指節輕敲桌面，大顆的寶石在油燈下閃耀。

叩、叩、叩、叩，輕巧的聲音響起，還無從得知這是否與他本人此刻的心情一致。

『這正是冠冕堂皇的漂亮話啊，這位小妹妹。』

言下之意是暗諷他，你正是說著滿嘴的漂亮話，站在正義方的「敵人」。

船長向他這麼說，利用了他的論調，可說是一記漂亮的還擊，而且還將他說成了涉世未深的小妹妹。最近，他好像很久沒被人這麼瞧不起了。

利瑟爾陶醉地加深了笑意。

啊，太有趣了──他不禁這麼想。

他甚至能將這情緒自由表現出來，想到這裡幾乎讓他更雀躍了。最重要的是，像這樣只需要單純擊敗對方，無須顧慮事後發展的論戰，在另一邊是絕對不被允許

「但在這一邊，他卻能這麼做。

「是我失禮了。」

利瑟爾的語調依然柔和，絲毫不透露出任何情緒。

「面對一位大海賊，竟然做出這樣有失禮數的事。」

好了，面對身經百戰的大海賊，應該表現出相應的禮儀才是。

利瑟爾愉悅地笑彎了眼，放鬆了挺直的背脊，靠上椅背。十指交疊的雙手放在膝上，緩緩蹺起腿來，椅子隨之發出細小的吱嘎聲。彷彿刻意挑釁似的，他微微抬起下頷，凝視著對手。

他的眼神沉穩，卻帶有一旦遭到吸引便可能招致破滅的誘惑。在越無可救藥的惡徒眼中，這份誘惑越難以抵擋。他周身散發出的高潔氣質，甚至滲出了幾分超越人類認知的藝術品所蘊藏的殺氣。

「（哇，太奢侈啦。）」

伊雷文的背脊因歡喜而震顫。

這拿來對付魔物簡直太大材小用了，雖然不知道那具骸骨到底是不是魔物，若是著迷於以命相搏的人，伊雷文只是為了自己能對此感到歡喜而喜不自勝。

面對這股令人無法動彈的殺意必然會被煽動得無法自持，劫爾肯定也感受到了類似的感覺吧。

但程度肯定不及自己。

伊雷文懷著些許優越感，微微呼出一口氣，同時拓寬興奮的自己冷靜下來。他看了看劫爾，發現那人微微蹙著眉頭。至於守在門扉兩側的兩具骷髏，則是拿手中的劍背敲著自己的大腿骨，彷彿在喚回差點失去的理智。

『我從沒在乎過禮數這玩意兒，不像黎根邦那些死腦筋的傢伙。』

「看來你遇上了一場不太如意的交涉呢。」

船長敲響了幾次下顎，代替它無法發出的哼歌聲，看上去心情好得不得了。它坐直了剛才探出的上半身，將原本歪斜一邊，像少年故意耍帥戴歪的海賊帽扶回原本的位置。它整個身子向後仰，深深坐進椅背，姿態看起來是如此從容。那副張開肋骨的坐姿，彷彿在挑釁對方若有膽量就來貫穿它的胸膛，從那雍容大度的氣概，能感覺出它十分享受觀察對方會如何出招。

「你所有的論點，都以你是絕對的邪惡為前提吧。」

『那麼，難道你要把我變成正義的一方？別想了，那不可能。』

「為什麼不可能？」

『從出生至今，我從來沒做過任何一件正確的事。』

「正義也不等同於正確。」

『贊同兩者相等的人才是絕大多數。』

「寬恕罪孽、吞食罪孽，洗心革面，才是正確的行徑。但正義卻會懲罰這樣的人。」

『行正道的人只能忍氣吞聲？』

「不可能吧。要讓所有人都行正確之事是很困難的，所以才需要正義這種秩序來制裁惡行。失去大義名分的陣營就會被指稱為邪惡，正義透過這種手段，憑藉著高潔的精神守護秩序。」

一人說話，一人以文字論戰，瞄準了對方的破綻，交鋒從未停息。雙方都堅守立場，毫不退縮，這是因為他們兩人都有自己背負的責任。

一旦遭人看輕，自己麾下的部屬也會遭人輕賤，無論海賊或冒險者的世界都是如此。對於利瑟爾而言，劫爾他們並不是下屬，但即便如此，仍然不會改變在「隊伍」組織當中他便是頭領的事實。

兩人的唇槍舌戰沒有任何一秒的空檔，是絲毫不少於刀劍交鋒的論戰。

「你在海賊船上立了你的法律，將不守法的人定罪處刑，藉此守護了秩序吧？」

「是的，至少對於生活在你的法律之下、你的海賊船之中的部下而言。」

『這不過是詭辯。如果以為這樣就能把殺了我們的那些傢伙視為邪惡的一方，那你可真是天真。』

『所以我就是正義囉？』

利瑟爾噤口不語。

神態間不帶嘲諷、不帶蔑視、不帶敵意，甚至蘊含著慈愛之色，他綻開了笑容。

穩やか貴族の休暇のすすめ。17

147

接著,他輕啟雙唇,彷彿對深愛之人宣誓心意,像悄聲的耳語。

「熱愛刺激的人啊,死後仍然深受部下傾慕的偉大船長。」

利瑟爾挪動視線,瀏覽對手的一切,像一一掃視過天上的星座。

從它空洞的眼窩,到那文句中斷的血色字跡。他抬起下頜,看向身後,凝視手持著無鞘彎刀,立於門前的骷髏,然後粲然一笑。

「這艘船便是你的國土,而部下便是你的人民。」

「所以呢,你想幹什麼?」

桌面上的文字滲出幾分戒備。

流動的紅色填滿了歪斜線條的縫隙,像滴落的血痕。正因為猜到了利瑟爾想說什麼、又想做什麼,才多了幾分提防。

但也因為如此,船長才將套著海賊服的一隻手肘擱在桌上,一副大膽無畏的樣子。

彷彿和友人輕鬆交談似的,他傾了傾肩膀,與逐漸刻在桌面上的字跡同步動著下頜。

「哈,意思是你要入境隨俗,按我們的做法辦事?」

「我剛剛才因為沒有入境隨俗而道過歉呢。」

「對我們來說,和平談話確實就像在找我們麻煩。」

叩、叩，響起上下顎重合的聲響。

『這樣說可能不太體面，不過你最好別動什麼擄人當人質的歪腦筋啊。這艘船上，全是些寧可笑著拖你一起去死的傢伙。死的是哪個混帳都無所謂，我會灑點酒替你們送行的。』

「我想也是。」

面對船長游刃有餘的態度，利瑟爾也並未反駁。

打從一開始，和平談話就不是有效的手段。對方主張「正義是我的敵人」，而無論冒險者講述什麼大道理，都不可能推翻這一點。

只要眼前這具威風八面的骸骨不承認冒險者的說法，冒險者就不可能辯得贏他。不需要什麼理由，只要對方說「不對」，就到此為止。無論冒險者這一方的主張多麼切中要點，船長只需要告訴他「少來這一套」，辯論就結束了。

利瑟爾下了這個結論，因此才改變了遊說的手法。

「你們自詡為絕對的邪惡，所以無論遭受什麼對待，都會視之為報應，坦然接受吧。」

只有這一種方法，因此他決定這麼做。

利瑟爾並不打算將船員擄作人質。如今言詞以外的所有武器都被禁用，即使能在不使用武器的狀況下擄獲人質，也無法確定這種行為是否能被迷宮承認。要將賭注押在這一招上面，勝率未免太過低迷了。

既然如此,唯有讓對手否定它自己的主張,才有可能取得勝算。

「伊雷文。」

那道嗓音中充滿愛憐。

利瑟爾敦促似地微微偏了偏頭,他呼喚的人也會無比愉悅地等候他接下來的一字一句。他知道不必這麼做,並未回頭看向他呼喚的對象,甚至不曾投以一瞥。

「那位在船首守望航路的美人,我們該拿她怎麼辦呢?」

「我認識一個超嚴重的戀雕像癖,就送給那傢伙吧。剛好他還是個沒救的性虐待狂,在他那裡放個十天,它就會變成髒兮兮的石塊散落一地了。」

自由搖晃著白骨的船長頓時停止了動作。彈奏鋼琴般輕敲桌面的指尖、在它每一次發言時開闔的肋骨,好整以暇地微張的下顎,想起什麼似的敲擊地面的腳尖、全都停滯不動。

滴答,彷彿血塊落下似的,桌面上滲出紅色。滴答、滴答,那紅色逐漸填滿了整個桌面。

伊雷文越過利瑟爾頭頂俯視著這一幕,愉悅至極地笑了。那毫不掩飾譏諷的笑容不是人們在日常生活中會見到的神情,然而對於身為海賊的它們而言卻是司空見慣。

「劫爾。」

聽見利瑟爾呼喚,劫爾微微挑起一邊眉毛。

打從進門開始，他一次也不曾鬆開劍柄，只是冷靜地看著逐漸盈滿殺氣的室內。

「這艘船悠然高掛的船帆，看起來相當堅韌呢。」

「拿去鋪在豬圈裡，打掃時也能省點麻煩，前提是真的有好事之徒願意拿這東西代替抹布。」

站在門邊的骷髏突然失去了原有的從容。

它們情緒激昂，憤怒難當，一副失去理性的樣子舉起彎刀，卻在揮刀之前不自然地失去了力氣。它們的手臂像斷了線的傀儡般落下，勉力握住的彎刀刀尖朝地。

那是作勢朝他們襲擊而來的姿態。

但不可能如願。這是它們定下的規矩。無論再怎麼壞事做盡、再怎麼罪大惡極，都必定存在一經觸犯就無法生存的界線。

「這麼氣派的一艘船，想必也有著開拓了眾多航路的船舵吧。」

正因如此，利瑟爾絲毫不抱危機感地這麼說道。

他尋思著輕觸嘴邊，看向別處，忽然靈光一現似的重新面向船長。

「啊，對了。」

利瑟爾愉快地笑了。

「我們投宿的旅店裡，有座很棒的壁爐。」

啪咯一聲，響起某種東西破裂的聲音。

那像脊椎折斷般的聲音，來自船長骷髏。同一時間，覆蓋它後背的海賊服扭曲

地隆起。

它沒站起身,頭骨卻不斷往上升,幾乎快頂到天花板。它的脊椎不斷伸長,從藏在辦公桌之後的腰椎一帶伸出兩對強大的骷髏手臂,在展開時發出使勁旋轉生鏽螺絲般的聲響。

兩對巨大手臂拍擊桌面,一直伸長到低矮天花板附近的頭骨朝利瑟爾低垂下來。那一共三對的手臂就像蜘蛛一樣,此刻被船長從正上方俯瞰的利瑟爾這麼想道。仰頭望去,那空洞的眼窩仍然是一片漆黑,唯有一片夜晚的海在裡頭打著旋湧動,喪失了月光。

『你是什麼意思?』

「就是字面上的意思。」

『那種事我不在乎,無論你做不做得到都無所謂。』

「是呀。對你們而言,重要的是享樂,勝負只在其次。」

『喂、喂,你這傢伙,剛才的主張到哪裡去了?』

「你指的主張是?」

兩對巨大手臂,一共四隻手朝利瑟爾逼近,辦公桌發出吱嘎聲響。利瑟爾仰頭望去,在隨時能碰到他鼻尖的距離,船長裸露的上顎與下顎像要咬碎什麼東西似的撞在一起。宛如擦亮了打火石般,近似於爆裂聲的巨響刺痛耳膜。

『正義不是制裁的一方嗎?你說,該受制裁的邪惡在哪裡?你說,喂,你說

啊，這艘船不是沒背負任何罪惡嗎，喂、喂、難道我說錯了嗎！』

喀嚓、喀嚓，齒列撞出激烈的聲響。

桌面上浮現的暗紅色字跡，此刻已粗暴地崩解，文字大小不再一致，字跡凌亂不堪。

利瑟爾仍然抬著下顎，僅僅轉動視線讀過那些文字，然後再次看向頭骨，複誦了船長剛才的話：

「該受制裁的邪惡在哪裡？那麼，制裁邪惡的正義又是哪一方？」

『我說錯了嗎，啊？我要殺了你，該死的，一個區的Landlubber（旱鴨子）！』

「請冷靜。如果能保持沉著鎮定，你就會贏得這場勝利了。」

利瑟爾抬起手，指尖描摹過頭骨因憤怒而震顫的下顎。

「我已經成為你的敵人了。」

『我要殺了你、我要殺了你，這些骯髒低賤的×××，我要將你們碎屍萬段！』

「請你告訴我，我是正義的一方吧。」

那一瞬間，如今已化為異形的骸骨停止了動作。

朝利瑟爾伸來、作勢扭斷他脖子的巨大手臂上，戴滿了戒指的指頭正在顫動，彷彿在無法抑制的衝動下痙攣。越過桌面、繞到他背後的另外兩對巨大手臂，也緊

穩やか貴族の休暇のすすめ。

153

握著暗藏的彎刀凝在原地。

劫爾將手放在椅背上，以便隨時將利瑟爾抱起，伊雷文也退後一步，以便隨時都能往門口跑。門邊的兩具骷髏與船長一樣，僅在原地文風不動，在它們空洞的眼窩注視之下，利瑟爾緩緩偏了偏頭。

「凡是與你為敵的都是正義——這是你的主張，沒錯吧？」

守著門口的兩具骷髏發出聲響，原地崩解。

白骨散落一地，原本它們身披的衣服落於其上。意識到這場辯論已經迎來終結，劫爾與伊雷文也解除了戒備。

「敢揚言傾覆我的國家，口氣還真不小啊，你們這群惡徒。」

「船長這麼說，我深感榮幸。」

『哈，真敢鬼扯。』

巨大的手臂崩解、落下。

彎刀掉落到地面，白骨也相繼落地。它原本的手臂散落在桌面上，有幾隻手臂掉落到了辦公桌底下。點綴蒼白指節的戒指，有些靜靜躺在桌板上，有些掉到地上，不知滾到哪裡去了。

『這是我最愛的女人，別對她出手啊。』

「好，我承諾。打從一開始，我就不打算真的付諸實行。」

這麼顯而易見的事，船長多半也明白吧。

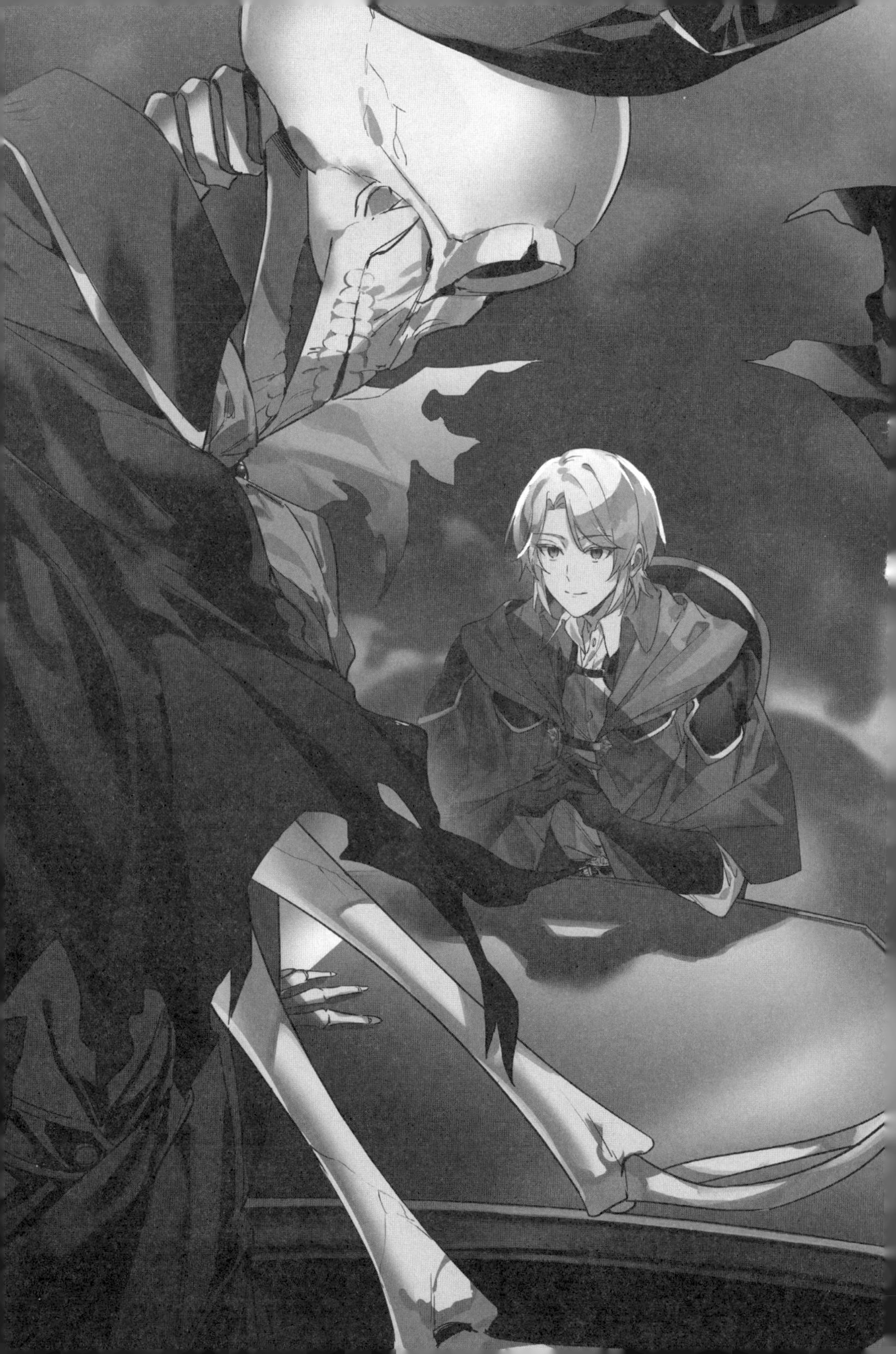

即便如此，它仍然氣憤難當。這是當然的，最愛的對象遭到侮辱，它不可能視若無睹。

冠冕堂皇的大道理就只是徒具正當性罷了，一點用處也沒有。只要對方感到嫌惡，那再怎麼正確的話語也和惡言謾罵沒有兩樣。海賊們聽了，也會嗤之以鼻地回以一句「那你還了不起喔」，笑著拔出彎刀吧。

他們是明知為惡，卻仍然一意孤行的惡徒。對於從他們身上獲取利益的人來說，這是必要之惡。

就連這些外界的評論，他們本人也絲毫不以為意。驅策著海賊的，始終只有那宛如怒海狂濤般激烈的情感。歡喜、憎惡、快感、憤怒，無論這是好是壞，都僅有這些情緒能驅動他們。

「我不是你的船員，不過……」

面對著白骨不斷崩落，逐漸恢復生前體型的對手，利瑟爾毫不吝惜敬意地露出微笑。

「祝你航海愉快，船長。」

『Ye ta, scallywags!!（你們也是啊，該死的混帳東西!!）』

原本坐在椅子上的骷髏崩解四散。失去力量的下顎搖搖欲墜，頭骨從頸椎上脫落，掉在桌面上。

沒有人知道這些海賊們的旅程會如何發展，或許早已結束，又或許還在半途。

無論如何，利瑟爾向它道出的這句祝福肯定不會有錯。

「難得看你下這麼大的賭注。」劫爾說。

「會嗎？」

忽然聽見一聲長長的吐息，利瑟爾回過頭去。

使用武器的禁令似乎也解除了，劫爾已經握著出鞘的大劍，正轉動著僵硬的脖子。

伊雷文想通了似的點頭。

他撿起滾落地面的戒指，對著油燈的燈光檢視它是不是真品，多半是在確認它是否能被視作戰利品吧。經過精美切削的大顆寶石，感覺只要賣出一顆，就足夠揮霍一整年。

「你不是親切地替對方留了勝算？」

「欸有嗎，哪裡啊？」

「不正確也能算是正義的部分。」劫爾回答。

「啊？喔……對喔，原來如此。」

「怪不得不管隊長怎樣挑釁，對方都只要說『吵死了誰理你』就能了事欸。」

「要是它真的這麼說，就是我辯輸了呢。」劫爾說。

「讓對方自主選擇落敗，這很像你。」

「若不這麼做就無法取勝呀，我這是形勢所逼。」

被這麼說真是太遺憾了。聽見劫爾一臉無奈地如此點評，利瑟爾賭氣地回道。

如果可以，利瑟爾也想盡可能避免賤海賊們最愛的對象，但除此之外無計可施也是事實，既然如此，他也只能豁出去，視之為必要的作為了。要是被當作他本來就有意這麼做，他可受不了。

利瑟爾也跟著站起身來，室內已經沒有其他需要調查的地方了。

這座迷宮對細節講究到這個地步，感覺至少會有本航海日誌才是，但在這裡也沒找到。他們並未走過這艘船的每一個角落，也有可能是在途中漏掉了。航海日誌感覺能在某處發揮作用，或者至少能加深對這座迷宮的瞭解，但劫爾和伊雷文對這方面都不太重視。

雖然很可惜，但也只能放棄了。利瑟爾這麼想著，觸碰躺在桌上的海賊帽。

「啊。」
「怎麼了？」劫爾問。
「有字……」

在桌板上，靜默不語，滲出了幾個字。

上頭除了寫著「往右三格，往左全力，痛打一拳」這句話，還畫上了一張彷彿隨時都要咧開嘴笑的骷髏側臉，是這艘船海賊旗幟上的圖樣。

伊雷文手中把玩著撿拾完畢的戒指，探頭往桌上一看，便皺起了眉頭。

「是暗號喔？」

「也不知道能用在哪裡。」劫爾說。

「這間船長室裡好像也沒有地方能運用呢。」

三人環顧周遭,沒看到適用的對象。

總之先記下這句暗號再說吧,差不多該繼續前進了。他們做出這個結論,邁開了步伐。戰利品一共有七枚戒指,以及巨大手臂揮舞的四把彎刀。本來應該還有幾枚戒指才對,但不曉得是不是滾落到書櫃等障礙物後面去了,最後沒有找到。不過不久,那些戒指便會由伊雷文拿去變賣,將賣得的金幣分配給他們吧。從樣式看來,其中應該不會有他想直接留下來自己佩戴的戒指。那些彎刀似乎獲得了劫爾的青睞,難得看他積極地撿拾它們。

這時,利瑟爾忽然拿起靜置在原處的海賊帽,試著戴在頭上。

「適合我嗎?」

「說不上不適合,但看起來也不像海賊。」

「隊長,你戴起來就好像貴族之間的什麼奇怪流行喔。」

真聽不出這到底是不是好評。

利瑟爾面露苦笑,摘下帽子,低頭看向桌面上的骸骨,靜靜將海賊帽覆在上頭。

「看來,這頂帽子果然還是最適合你。」

三人離開之後,在空無一人的室內,被留在那裡的骸骨敲響了幾次牙齒,就好像在笑一樣。

穩やか貴族の休暇のすすめ。⑰

159

在那之後，利瑟爾一行人順利地繼續攻略迷宮。時而遭遇魔物襲擊，時而被傳聲筒叫住，最後他們終於抵達了最深層。但顛覆了他們的所有預期，那裡只是間平凡無奇的小倉庫、不，甚至比倉庫還要狹小。倉庫裡只有天花板特別高，牆邊備有一道梯子，不斷往上方延伸。

「喔……這說不定可以從天花板爬出去欸。」伊雷文說。

「不斷往下層走，最後再往上爬，很少見到這種構造的迷宮呢。」

「接下來肯定就是頭目了。」劫爾說。

假如爬上去看到的還不是頭目怎麼辦？

三人這麼聊著，在長得看不見盡頭的梯子上不斷往上爬。木製的梯子打造得相當簡樸，完全沒考慮到攀爬的舒適度。比預想中更容易累呢，利瑟爾邊想邊勤奮地一級級踏著木板。

爬在前頭的伊雷文動作輕快，劫爾從下方傳來的說話聲也依舊平穩。雖然西翠曾說他不該拿自己和那兩人比較，但利瑟爾還是督促自己得更努力才行，重新鼓起幹勁，握緊了梯子的兩側。

「不曉得會是什麼樣的頭目。」利瑟爾說。

「骷髏的首領？」

「都見過船長了，哪裡還有什麼首領啊。」劫爾吐槽。

「也是喔。」

如果它們算是魔物的話,或許不用講求這種身分。

但說歸說,想想還是覺得不太合理。兩人交換著彼此的猜測,利瑟爾在一旁聽著,在略顯紊亂的呼吸間笑了出來。以前他們倆多半不會以這種方式思考迷宮,如今卻開著這種玩笑,利瑟爾聽了很高興。

他就這麼旁聽了一會兒,過不久自己也加入其中,對頭目提出了猜測:

「也有可能是襲擊了這艘船的敵人。」

「這麼一說,這艘船從外面看起來的確是被襲擊過欸。」

「也可能要跟敵對船隊作戰。」劫爾說。

「集團戰喔?這座迷宮這麼奇怪,說起來也不是不可能啦——」

三人聊著聊著,終於爬到了天花板的位置。

伊雷文將手掌按在天花板上,往上推開。原以為會來到一間頭目棲息的寬廣房間,眼前的景象卻大大顛覆了三人的預期。從逐漸敞開的門板縫隙間,照進了強烈刺眼的太陽光。

不會吧?伊雷文率先探出頭去,看見了一望無際的大海。

湖泊和撒路思都不存在,碧藍的天空下只有一整片波光粼粼的海洋,只看得見一道海平線。

「嘎⋯⋯?」

「是大海呢。」

「這是哪裡啊。」劫爾說。

三人踏上了海賊船的甲板。

船上不知怎地並沒有潛入迷宮前看見的那些遇襲痕跡，是艘仍然在海上活躍的海賊船。

抬頭仰望，沒有絲毫破損的船帆迎風張揚；低頭俯瞰，便能看見不斷前行的船身破開白色波浪。除了利瑟爾他們以外，甲板上沒有任何人，就連頭目都不見蹤影。

「這艘船在前進呢。」

「咦，我不會開船欸。」伊雷文說。

「我也不會呀。」

「假如船隻遇難不就完了。」劫爾說。

巨大的海賊船已經在航路上前進。

三人也不能怎麼辦，只得在船上不知所措地徘徊。

這時，船身側面忽然有東西從海裡一躍而出。聽起來就像砲彈落入水中般的聲音，卻更加震耳欲聾，濺起的水沫噴上甲板。

利瑟爾抬起手臂，擋住像雨水般落下的水滴，瞇細了雙眼往那個方向看去。一

優雅貴族的休假指南。⑰

162

隻粗大蒼白的觸手高高舉起，或許是瞄準了他們三人吧，正要往甲板上拍擊而來。

「好大！」

伊雷文這麼嚷著，一把抓住他的手臂，利瑟爾便在催促之下跑了起來。

下一秒，伴隨著某種東西折斷的聲音，觸手攻擊甲板。劫爾在與牠錯身而過的同時揮下大劍，卻只切開牠一層薄皮。利瑟爾聽見一聲咋舌，其中蘊含些許期待意味。

白色觸手彷彿被拖入海中似的滑回了海裡。

同一時間，海面隆起，從海水底下現身的是⋯⋯

「好大的烏賊呀。」利瑟爾說。

「哇靠，感覺很難砍傷牠⋯⋯」

「至少比開個船就結束好多了。」劫爾說。

那是隻巨大得必須抬頭仰望的烏賊，牠至今襲擊過的所有帆船都被牠納入體內，形成一隻異形。

只剩骨架的船帆從軟體動物的身體裡凸出，從牠身上凸出的船首，折斷了利瑟爾他們這艘船的柵欄。船應該不至於被擊沉吧，他們很想這麼相信。

幾條觸手。從牠與船身化為一體的身軀伸出好

「（這是重現了海賊船的最後一場戰鬥嗎？）」

歪曲的柵欄，與他們潛入迷宮前看見的情景重合。

這場戰鬥重現了這艘船曾經遭遇的襲擊,或許該說是復仇戰更加貼切吧。

利瑟爾回想起那位化為骸骨的船長。若說這是替他們報仇雪恨,或許太施恩圖報了一些,不過……

「我們努力打倒牠吧,劫爾、伊雷文。」

「知道啦——不過這麼大一隻,根本不知道該怎麼打欸。」

「船放著不管沒問題嗎?」劫爾問。

「我想應該沒問題。」利瑟爾回答。

擋在他們眼前的,便是船員們稱作「克拉肯」,聞之色變的海中魔物。

三人架起武器,正面迎向那強大的敵人。

180

一望無際的大海，在燦爛的陽光照耀下閃閃發亮。

清澈高遠的藍天萬里無雲，船帆漲滿了海風，昂然挺起胸膛。

往船尾一看，白浪好似船首那尊人魚像的一襲頭紗，自後方擴散開來。

海賊船意氣風發地前行，而利瑟爾等人眼前，有隻巨大得足以遮擋太陽的烏賊魔物。

「啊，就是這個吧！」

「拿了這個又能怎麼辦……」劫爾說。

「長槍應該放在這裡，再將它的根部與這裡對齊……嗯？」利瑟爾納悶道。

「怎麼了？」

「只能上下瞄準……牠原本就是這樣嗎？」

那頭魔物吞噬了無數艘帆船，形貌彷彿將那些船隻都納入體內一樣扭曲。

三人面對這可怖駭人的魔物，這也不對、那也不對地擬定戰略。甲板上設置了好幾座巨大的投射器，他們現在正擺弄其中之一。

這艘船與一般的大型帆船一樣，有著高挺的桅杆，拉滿了無數的繩索；有船舵，雖然在這裡只是擺飾，還有對付魔物用的兵器。而其中對付魔物兵器的代表，

正是三人摸索著嘗試使用的巨大弩箭。

他們嘗試過以劍刃劈砍、以魔銃射擊,但雙方的體型和攻擊範圍都太過懸殊,起不了什麼作用。

「隊長,你對這種兵器不熟喔?」

「我熟悉的投射器是魔石粉碎型的。」

「意思是這種機型太老了嗎?」伊雷文問。

「喂,你怎麼空手回來?去拿槍來。」

劫爾話聲剛落,頭目的觸手便往甲板上方一揮。

三人一同蹲下身躲過這一擊,觸手打上桅杆,船身劇烈搖晃。

「瞄準喔……應該沒差吧?反正目標這麼大,感覺隨便射也會打中。」伊雷文說。

「說得、也是。只要注意、時機,應該就沒問題。」

利瑟爾抓著巨大的投射器,支撐住差點跌倒的身體,同時望向頭目。

海賊船自動行駛,繞著頭目緩緩巡航。一開始仔細探索甲板的時候,他們已經確認過船上有舵,也隨便轉了幾下,但前進方向絲毫沒有改變。

該說這總比讓外行人掌舵,結果反而遠離頭目來得好嗎?幸好,頭目積極靠近船隻、發動攻勢,所以他們不至於碰不到牠。然而不可否認的是,雙方的攻擊距離確實差得太遠,大部分都是他們在躲避頭目的攻擊。

優雅貴族的休假指南。

有鑑於此，三人決定仰賴這座投射器，不過……

「放在這就可以了？」劫爾問。

「是的，將根部對齊這條弦。」

「好緊！這東西我根本拉不動欸。」

「不是的，我猜應該是轉動這個滑輪來拉動弓弦。可是我找不到用來掛上它的金屬零件……」

「嗄——那不就還要去找……直接叫大哥拉就好了啦。」

金屬製成的長槍質樸而巨大，前端比起尖銳度更重視強度。既然要射出這種東西，弓弦的張力已經大到人手無法拉動了。投射器上當然設有拉動弓弦用的滑輪，因此本來應該有個金屬零件，將弓弦和滑輪連接在一起才對。

他們卻沒找到那個零件，完全無法想像這種東西會收在哪裡。

「這是備品的管理疏失，虧我還以為他是個辦事牢靠的船長。」利瑟爾說。

「說歸說，人家畢竟是海賊嘛。」伊雷文說。

「你別生氣。」劫爾說。

「我沒在生氣。」

利瑟爾正對於不久前剛見過面的船長表示不滿，劫爾便把他的頭往下一按。

下一瞬間，突刺而出的烏賊腳便從三人頭頂上通過。粗大的觸手投下陰影，從

上頭落下的海水滴到他們的頭髮和臉頰，觸感冰涼，帶著強烈的海潮氣味。沒聞到海鮮特有的腥臭味大概是唯一的救贖。

「劫爾，你拉得動嗎？」

「嗯……」

劫爾評估似的沉吟著，將手搭上繃得筆直的弓弦。

他一手按在基座上，對抗著弓弦驚人的張力，手肘往後拉扯。這座裸露出木質紋理的巨大弩箭絲毫不愧對兵器之名，此刻卻發出吱嘎聲微微彎曲。弓弦緊緊繃起，一旦出了什麼差錯，甚至彈飛指頭也不奇怪。

劫爾的手腕上血管浮凸，手臂卻絲毫沒有顫抖。

「啊，感覺沒問題呢。」

「怪物——」

「你去負責瞄準。」劫爾沒好氣地對伊雷文說。

「好啦好啦。」

利瑟爾擊發灌注了火魔力的魔銃，牽制克拉肯。

伊雷文拉動投射器前端垂下的繩索，以全身的體重控制射擊角度。

劫爾拉滿了弓，銀灰色的眼瞳筆直瞪視那白色的巨大身軀。

在這時間點，三人腦中都浮現了「讓劫爾直接投擲金屬長槍還比較快吧」的想法，但他們都裝作沒這回事。既然這麼巨大的一座弩箭設在這裡，那當然只能用

了，海賊船上的投射器就是有著如此難以抵擋的魅力。

有時候，冒險者是種比起效率更追求浪漫的生物。

「可是這該怎樣瞄準啊，這東西射出去的是直線？還是曲線？」

「由劫爾拉弓的話是直線哦。」

「怎麼不是用投射器的性能，而是用我的性能解釋啊。」

「那這樣差不多吧。好啦，射擊射擊！」

下一刻，鐵製的長槍便被發射出去，輕的只有聲音而已，這使用在人體上威力過大的一擊直線射向蠢動的巨軀。不用說，槍尖陷入克拉肯身上的沉船殘骸之中。

鐵槍發出刺耳的巨響鑽入牠體內，兩隻觸手猛然彈起，一陣近似於海潮聲的低音響徹海面，那是牠的叫聲嗎？魔物被激怒了。

牠高舉的兩隻觸手朝下一揮，生有吸盤的觸手拍擊甲板，船隻劇烈搖晃。

「船都要被牠拍爛了啦?!」

「迷宮規則救了我們一命呢。」利瑟爾說。

「這裡是迷宮，拍不壞的。」劫爾說。

面對這認真起來能輕易掀翻一、兩艘大船的強力攻擊，海賊船也撐住了。多虧劫爾船隻因此左右巨幅晃動，但他們還有體格強健到無人能及的劫爾在抓住了利瑟爾的後領，他才沒摔倒，而伊雷文則是將自己的鞋子側面牢牢靠在劫爾

的鞋子上,好踏穩腳步。這點程度的事,劫爾已經不會發牢騷了。

「結果如何?」劫爾問。

「完全不行欸。」

「我想應該射中牠的身體了,但要造成致命傷感覺還是有困難。要嘗試瞄準牠的眼睛嗎?」

「這只能粗略瞄準,要是能打中就好了。」劫爾說。

三人躲避著胡亂朝甲板揮下的觸手,望向克拉肯從波浪間探出的眼睛。圓形的瞳孔不曉得看向何方,水晶體裸露在空氣之中,眼珠子大得超過一名成年人的身高。這代表它也是個巨大的標靶,但牠不時會將眼睛藏到水面底下,而且投射器只能上下瞄準,要精準射穿牠的眼睛還是頗有難度。

「喔,牠把觸足收回去了。」伊雷文說。

「觸足?」

「就是烏賊腳啊。只有阿斯塔尼亞會這樣講嗎?」

「其他地方市面上也看不到烏賊吧。」劫爾說。

「喔——好像是欸。」

在三人的眺望之下,襲擊甲板的觸手沉進了海中。攻勢似乎暫且停息了。不對,真的停息了嗎?三人緩緩走近柵欄,望向那將十隻腳都藏入海中的龐然大物,想知道牠究竟出了什麼事。

寂靜籠罩周遭，頓時只聽得見波濤聲。

「如果要射牠眼睛的話，直接讓大哥投擲好像比較穩喔？」

「是呀，雖然沒什麼浪漫情懷。」利瑟爾說。

「可以的話我真想拿劍砍⋯⋯喂。」

劫爾話說到一半，海風忽然陰冷了幾分。

劫爾詫異地蹙起眉頭，利瑟爾和伊雷文見狀也一同看向克拉肯。

啪咯，響起類似冰塊破裂的聲音。這對利瑟爾他們而言是耳熟能詳的聲響，分別的時長還不足以感到懷念。三人凝神細看。

倒映著天色的碧藍海面，與巨軀接觸的部分開始逐漸凍結。

「那是⋯⋯」

「要死的時候把自己凍起來幹嘛⋯⋯」劫爾吐槽。

「那是怎樣，牠死翹翹了喔？」

劫爾和伊雷文都不覺得剛才那一擊真的射殺了頭目。

儘管如此，兩人還是在戰鬥中打趣地開著玩笑。在他們身邊，利瑟爾全神貫注地凝視著克拉肯的整個身軀。他無法直接看見魔力的流動，但懂得掌握它的訣竅。

按照這些法則觀察，便能看出在克拉肯巨大身軀內流動的魔力產生了變化。

魔力從兩隻觸手以外的八隻腳前端，開始往身體的方向匯聚，多半是凝聚的魔力洩漏而出，才導致海面凍結。但這魔力量相當龐大，遠遠不是能稱之為「洩漏」

兩隻巨大的水晶體清澈透明，從牠身上的沉船殘骸縫隙間看著這裡。

「牠可能要發動魔法攻擊了。」利瑟爾說。

「戰鬥距離還要拉得更遠，那我們還出什麼手。」劫爾說。

「只能用投射器作戰也太勉強了吧？」伊雷文說。

兩名隊友紛紛發起牢騷。利瑟爾對此露出苦笑的瞬間，克拉肯的觸手動了。

原本在海上晃動的觸手潛入海中，白色流線狀的東西波動了幾次，接著重新探出水面。

觸手前端有塊浮冰般厚實的冰塊，克拉肯將那塊冰高高舉起。

「這船會被擊沉吧？」伊雷文說。

「比想像中更接近物理攻擊。」劫爾說。

「船身應該不至於被砸出洞來才對，我希望不會。」利瑟爾說。

從外觀無法想像牠的臂力，利用兩隻觸手甩動的力道，牠將冰塊拋擲而來。

利瑟爾朝劫爾他們靠近了幾步，站在兩人身邊，發動他從察覺異樣的瞬間就開始準備的魔力護盾。投來的冰塊太過巨大，利瑟爾預先疊加了三層護盾，冰塊砸壞了其中兩層，最後滾落甲板，碎裂消失。

「另一顆丟歪啦。」

萬一甲板被冰塊淹沒會更難戰鬥，它直接消失算是幫了大忙。

「這下怎麼辦？下一波要來了。」劫爾說。

「該怎麼辦才好呢……」

三人望著高舉第三塊冰，準備投擲的頭目。

「要靠近牠？」伊雷文問。

「但找不到方法。」利瑟爾說。

「要光靠投射器削弱牠，長槍數量也不夠。」

「隊長剛才用火燒過牠了，也沒用。」

「但以前也有隊伍通關過才對。」劫爾說。

「不知道他們是怎麼做的呢。」

「可能他們隊伍有很多S階弓箭手那種人？」伊雷文說。

「西翠先生確實說過，標靶越大越好。」

這是所有隊伍共通的煩惱，戰鬥距離拉得越遠，火力就越顯貧乏。

能以公里為單位發動攻擊的西翠是例外中的例外，只能說他不愧是S階冒險者。

考量到這點，這頭目實在很刁難人。不過畢竟是迷宮，靠近頭目的手段不太可能完全不存在。雖然船上設置了投射器，如果迷宮的意思是叫他們靠遠程戰一決勝負，好像也不奇怪就是了。

「如果在投射器的鐵槍上附加爆發系的魔石咧？」伊雷文提議。

「會被牠用冰擋住吧。」劫爾說。

「大哥，你就不能一口氣丟出十把槍嗎？」

「別把我跟那個長了十隻腳的相提並論。」

利瑟爾一邊擋下頭目丟來的第三顆冰塊，一邊思索。

靠著遠程戰反覆攻擊，最後取勝……不是不可行，但劫爾和伊雷文不會喜歡這樣的戰鬥。

「我要動用最後的手段了。」利瑟爾於是說。

「啊？」

「隊長，你說啥？」

波浪拍上船身，激起浪花。

隔著濺起的水沫，劫爾他們看見了利瑟爾有些樂在其中的神情。

說出這句話的同時，他指向船上最高、最氣派的那根桅杆頂點，循著他手指的方向仰望，那座瞭望臺上設有一支傳聲筒。

「我們使用那個吧。」

迷宮給予他們的唯一優勢，正是能與其他冒險者對話的傳聲筒。

既然如此，就該活用這點才對。利瑟爾帶著伊雷文登上桅杆，踏上了瞭望臺。

順帶一提，伊雷文只是因為留在甲板上也沒事做，所以跟了過來。

「隊長，原來這對你來說是最後的手段喔?」

「是呀，我擔心分配報酬的時候會發生糾紛。」

「可是其他人也只負責出一張嘴而已啊。」

「我也只是幫艾恩他們出了一張嘴，就拿到了一半的通關報酬。」

「喔——這我之前有聽說。可是那次要是沒有你，他們也拿不到那份報酬啊。」

確實如此，這次他們找人商量並非必要之舉。老老實實地施加傷害，他們花點時間還是能打倒那隻巨大的頭目吧。但是採用那種戰鬥方式，劫爾和伊雷文都不會興奮。因此，平時討厭別人指手畫腳的兩人，這次也同意了利瑟爾的提議。

更重要的是，難得有這個東西，他們想使用看看的心情還是更勝一籌。

「第四發來啦——」

「好的。」

利瑟爾以護盾擋掉了頭目投擲的冰塊。

牠丟得意外準確，充分運用了觸手的擺動投球，只能說技術太高超了。利瑟爾打趣地這麼想著，忽然從瞭望臺邊探出了身體。「感覺你會掉下去欸。」站在他身旁的伊雷文說著，抓住了他裝備上的腰帶部分。利瑟爾道了謝，往下方看去，正好看見劫爾拿大劍擊碎了朝他飛去的冰塊。

擋下這一擊之後，劫爾不疾不徐地走到甲板邊緣，拿了一把投射器用的長槍過來。他反覆握持了幾次，掌握重心，接著走到柵欄前方，使出全力將長槍拋擲出去。這一發瞄準了眼睛，但沒射中沉入波浪之間的目標，只撕裂了牠的肉鰭。

「能跟那種大型魔物這樣丟來丟去，大哥真的是怪物欸。」

「若不是鐵槍有數量限制，感覺劫爾光是這樣投擲下去就能打贏呢。」

底下的劫爾不悅地哼了一聲。看來他玩得很開心，利瑟爾點點頭。

接著，他再一次打開了傳聲筒的蓋子。冒險者們還是老樣子，熱鬧的說話聲從筒蓋縫隙洩漏而出。

「啊──我真的不行了，根本搞不清楚自己在哪，所有人都給我沉到海裡去啦。」

「那個放著一堆書和地圖的房間，真的什麼都沒有嗎？」

「看起來明明那麼可疑，但啥都沒有。不說那個了⋯⋯」

「那裡有暗門哦。」

「貴族小哥?!」

「真假啊，我們已經路過了！」

「喂，所以裡面到底是什麼！」

「可以和這艘船的船長對話。」

「對話喔⋯⋯那算了⋯⋯」

『謝囉沉穩小哥⋯⋯』

突然暴漲的興奮之情又露骨地突然暴跌。

對於利瑟爾而言，那可是魅力不輸給寶箱的一段對話，而且還是迷宮當中首屈一指的稀有體驗。怎麼會這樣呢？利瑟爾納悶地想著，還是朝冒險者們開了口：

「話說回來，我也想徵求一下各位的建議。」

『啊？我們還有辦法給你什麼建議？』

『要是有你們三個人還沒辦法解決的東西，那誰有辦法啊。』

『反而讓我好好奇喔。』

或許是攻略進度過半的冒險者也變多了吧。

攻略初期爆發的氣勢沉潛下來，由於卡關的次數逐漸增加，也聽見許多慵懶倦怠的聲音。看來有不少人選擇在傳聲筒前面坐下來休息，順便打發時間。

既然特地設置了能與其他冒險者交談的機關，迷宮可能也希望大家多多利用吧，傳聲筒周遭的魔物相對少了一些。當然稱不上絕對安全，但已經是足以供人在迷宮裡休息的安全地帶。

『所以怎麼啦，貴族小哥？』

「我們現在正在跟頭目作戰。」

傳聲筒另一頭傳來一陣悔恨不已的聲音。

所有人都在競爭搶先通關，在這種情況下聽見有人抵達了最後關卡，當然會有

這種反應了。利瑟爾往旁邊瞥了一眼，看見伊雷文臉上帶著賊兮兮的笑容，好像這久久不停的痛哭聲讓他愉悅得不得了似的。

利瑟爾等到這陣摻雜著嘆息的哀嚎差不多平息下來，便繼續解釋下去⋯

「頭目是一隻烏賊和船的混種。」

「你怎麼講得像撒路思貓和阿斯塔尼亞貓的混種一樣⋯⋯」

「所以到底是長怎樣啊。」

「是烏賊構成的船？還是用船構成的烏賊？」

「勉強說的話，應該是後者吧。」

「沒關係，你不用勉強判斷。」

利瑟爾悠哉地眺望著頭目如此回答，立刻有人幫忙打圓場。

伊雷文站在旁邊，一邊憋笑一邊目送頭目丟歪的第五發冰塊飛過去。

「牠的外觀就像一隻巨大烏賊和好幾艘大型帆船正面相撞，結合在一起，形成了和帆船亂七八糟混合成一團的生物。」

「好嗯⋯⋯」

「那牠也太大了吧？」

「我沒見過帆船耶。」

「是的，體型大得需要抬頭仰望。而且我們處在船上，頭目則守在大海裡，保持著不遠不近的距離朝我方發動攻擊。」

優雅貴族的休假指南。7

178

『喔──原來是攻擊距離不夠遠的問題。』

『海裡？這迷宮也壞掉得太誇張啦，我完全無法。』

『但頭目還是會攻擊吧？一刀沒辦法趁機砍牠嗎？』

「剛開始時砍過了，但牠的腳會再生，而且數量還變成兩倍。劫爾當時露出了非常不悅的表情。」

『我想也是。』

『牠會再生？』

『啊？你說啥？』

一部分冒險者詫異地吵嚷起來。

有什麼令他們在意的地方嗎？對於觸手會再生這件事，利瑟爾他們三人都不覺得特別奇怪。難道他們聽出了什麼攻略的線索嗎，利瑟爾於是靜靜等候那幾位感到奇怪的冒險者繼續說下去。

他們卻道出了令人驚愕的事實。

『沉穩小哥，那應該是章魚吧？』

『咦？』

『被砍斷的地方會再生，對吧？也不能斷言烏賊全部都不會再生啦，但這聽起來像一般的章魚。』

『可是牠是白色的耶？』

『也有白色的章魚喔。』

伊瑟爾和伊雷文面面相覷。伊雷文立刻從瞭望臺邊緣探出身體，往底下叫道：

「大哥，那隻應該是章魚——！」

「啊？……所以那又怎樣？」

「是不怎樣啦。」

看來他只是想把這件事告訴劫爾。

利瑟爾也能理解這種心情，他欽佩地望向那隻揮動白色觸手的龐然大物。這事實還真教人震驚啊。不對，面對魔物還想將牠定義為烏賊或章魚，才是一件不合理的事情。

劫爾聽了似乎也有點驚訝，他將手掌搭在眉前遮住陽光，仔細端詳著頭目。

話雖如此，長得像烏賊的魔物變成長得像章魚的魔物，也不能改變什麼。

「啊隊長，牠要丟了。」

「好的。」

『嗄？什麼東西？是攻擊嗎？』

「頭目會投擲雙臂環抱大小的冰塊。除此之外，還會用空下來的腳使出橫掃或拍打攻擊。」

『太狠了吧⋯⋯』

『一刀不在你旁邊喔？』

「劫爾在投擲長槍打發時間。」

『啊？』

冰塊破壞了利瑟爾展開的兩面魔力護盾，聽見玻璃破碎般的聲響，傳聲筒另一側的眾人紛紛確認他們的安危。說起來，在頭目戰當中本來就不可能有餘裕使用傳聲筒才對，冒險者們說會等他、勸他該撤退的時候要好好撤退，也都是理所當然的建議。

在伊雷文看來，只能說他們對利瑟爾簡直太親切了。在此之前利瑟爾頻頻透過傳聲筒向人伸出援手，做了不少人情，多半也是其中一項要因吧。好心有好報。

「（雖然隊長只是單純覺得好玩而已。）」

他應該不是期待冒險者們報恩而刻意為之，但是否完全沒有這層考量，就不得而知了。

伊雷文將其中一把雙劍拿在手上轉著玩，一面看向身旁正對著傳聲筒講話的利瑟爾。

「——大概就是這麼回事，我們一直撐到了現在。」

『投射器沒效太奇怪啦，迷宮根本不打算讓人攻擊。』

『但這也不是必敗關卡吧，之前都有人通關過了。』

「就算能想辦法跟牠近身戰鬥，這也太難打了吧，根本只有一刀能贏。」

「迷宮壞得太誇張啦。」

劫爾似乎被包含在壞掉的範圍內了，但利瑟爾並未多加理會。

伊雷文卻大笑著轉告劫爾這件事。聽見他的說話聲，傳聲筒另一頭傳來好幾道焦急地阻止伊雷文的聲音。

劫爾明明不會因為這種事生氣呀，利瑟爾也笑著繼續說下去。

「我想先試試能不能讓頭目停止投擲冰塊，畢竟被牠阻絕了接近的機會實在很傷腦筋。」

「說得沒錯。」

「不能瞄準牠魔力用光的時候嗎？助理教授，這方面你應該看得出來吧？」

「牠的魔力量比人類多上太多了，不太可能有用完的空檔。牠投擲的冰塊似乎是從水面底下，觸手根部一帶拿出來的，不過那是沉在海裡的部分，我也看得不太清楚。」

「那裡不就是牠的雞……唔咕。」

「喔啊啊啊啊啊──!!」

「白癡喔你不知道對面是誰在聽嗎，不要亂講話!!」

好像有人話講到一半被打斷了。利瑟爾剛這麼想，傳聲筒裡就傳來好幾道大叫聲。

他還來不及為此驚訝，眼明手快的伊雷文便瞬間採取行動，將傳聲筒的蓋子關

上。怎麼回事？利瑟爾愣怔地眨著眼睛。

伊雷文只是衝著他燦爛一笑，一副完全不打算解釋的樣子。那隻手的指尖在靜默無聲的傳聲筒上輕敲了幾下，過了幾秒，又無事發生似的重新打開蓋子。

『伊雷文？』

『嗯？』

『沒事。』

他們不必隱瞞，利瑟爾也猜得到某冒險者想說什麼。

這是不特定多數人都會聽見的場合，做出這種發言的確不太恰當。剛才另一位冒險者那麼拚命地制止讓人有點意外，看來有公德心的冒險者相當多呢，利瑟爾佩服地想道。雖說男冒險者占據壓倒性的多數，但傳聲筒裡也可能有女冒險者在聽，想想這反應也相當合理。

利瑟爾做出了這個結論。他不知道眾人是不是也跟自己有同樣的想法，不過傳聲筒另一頭開始有聲音傳來了，彷彿上一個話題沒存在過似的，繼續剛才的對話。

『原來牠是在體內製作冰塊，再從嘴裡吐出來啊？』

『喔……不對啊，牠嘴巴裡應該只吐出魔力，不然會卡在龍珠上。』

『噗噗──你以為海裡真的有什麼龍珠，白癡欸！』

『烏賊的口器就叫做龍珠，記好啦，死門外漢。』

『抱歉……』

『會知道這種冷知識的也只有阿斯塔尼亞人了吧⋯⋯那邊的冒險者真有夠恐怖⋯⋯』

利瑟爾也沒聽說過龍珠這個詞。長知識了，他兀自點頭。

聽著這類對話，會在意想不到的地方發現各地冒險者也有合不合得來的區別。冒險者旅居各國，四海為家，早就無所謂故鄉，但出生長大的國家還是對他們影響甚鉅。

看來出身阿斯塔尼亞的冒險者，和出身撒路思的冒險者不太合得來。應該說阿斯塔尼亞人完全不介意，但撒路思人覺得雙方頻率不太合，容易敬而遠之。出身帕魯特達爾的冒險者並不特別偏好或排斥哪個國家的人，他們總是保持著自己的步調，比較容易採取事不關己的立場。

不過再怎麼說，這些也離不開個人特質的範疇。

況且冒險者信奉實力主義，一旦明白對方的實力，立刻就能消弭出身地的區別了，所以也不需要特別在意。

『無論如何，我們也無法潛下水去攻擊牠。』利瑟爾說。

『那當然，就算是一刀，下了水也會變成魔物魚的飼料。』

『等等，你確定嗎，那可是一刀⋯⋯』

『劫爾大哥可是很強的!!』

不管劫爾再怎麼強大，他也不會想跟那隻頭目在水裡戰鬥——利瑟爾好笑地

想這麼告訴他們,卻在這時聽見艾恩充滿信任的聲音,於是作罷了。

話說回來,艾恩他們是什麼時候加入傳聲筒對話的?剛才艾恩那聲大喊聽起來上氣不接下氣,感覺得出他不曉得遇到了什麼事,總之是拚了命在最後一刻趕到傳聲筒旁邊來的。

『既然不能潛入水裡,那就沒辦法接近頭目了啊。』

『你們隊上不是還有獸人嗎?把那傢伙綁在錨上,讓一刀把他丟過去。』

『他們是這麼說的哦,伊雷文。』

「你幫我叫他們去死。」

「他說,先不論辦不辦得到,他首先就不想做這件事。」

利瑟爾的翻譯大致正確。

關於能不能設法跳過去這個提案,利瑟爾他們姑且也算是考慮過了。若只是要跳到頭目身上,嚴格來說並不是沒有辦法,但去了有可能就回不來,因此相關提議都被否決了。假如一跳過去,頭目就潛入水中,強制他們在水裡戰鬥,那就慘不忍睹了。

「如果能跳過去的話,就能到嚴重損毀的沉船裡尋找寶箱了。」利瑟爾說。

『你說那些跟烏賊合為一體,七零八落的船??』

『哎,不過既然是迷宮,確實是無法斷言裡面沒有寶箱啦。』

『只是試試看的話也不會怎樣吧。一刀不能用力跳過去再跳回來嗎?』

「那傢伙感覺能輕易跳上城牆嘛。」

傳聲筒另一端傳來無數的笑聲。

實際上，利瑟爾他們已經證實劫爾能夠從城牆上一躍而下了，不過一跳就跳上城牆還是不太可能辦到。

應該辦不到吧，利瑟爾這麼想著，還是姑且一問：

「劫爾，如果那裡有寶箱的話，你能跳過去開嗎？」

「……」

在利瑟爾腳邊，觸手纏著桅杆，沿著木桿攀爬而上。

利瑟爾注意到了，卻絲毫不放在心上，反而問了這麼個無厘頭的問題，劫爾使勁蹙起了眉頭。他已經揮舞過手中的大劍，白色觸手被切斷了一半，掙扎似的抽動著離開了桅杆。

看見劫爾的神情，利瑟爾點了一下頭，重新轉向傳聲筒。

「他露出了非常嫌棄的表情。」

『抱歉。』

「因此我打算放棄寶箱，專注討伐頭目。」

『拜託你打從一開始就這麼辦吧。』

「應該只要用烏賊或章魚的弱點攻擊牠就行了吧？」

『要是那種方法有用，那打樹人的時候豈不是只要放把火等牠死掉就好了。』

『拿水去潑火元素精靈，也不會惹牠發飆了。』

『也不會從寶石蜥蜴的尾巴上長出第二隻寶石蜥蜴了。』

好像聽見了非常耐人尋味的魔物生態。利瑟爾按捺住想繼續深入探問的心情，也跟著思考。

冰塊是從口腔產生的，既然無法瞄準口腔，先從兩隻觸手下手如何？如果能限制觸手的活動，或許能讓牠停止投擲也不一定。但不能砍斷它，否則它就會再生。雖然他們剛才試砍的不是觸手，而是腳，兩者有可能出現不同結果就是了。

可是這個實驗的風險太高了，萬一觸手真的變成四隻，投擲攻擊會變得更加密集。

「比方說，用斬擊以外的方法攻擊牠的觸手怎麼樣？」利瑟爾說。

『最容易想到的就是用火了吧，把牠的烏賊腳烤到捲起來。』

『利瑟爾大哥，你沒辦法用火燒牠嗎？用魔法轟地一聲。』

『我剛才試了一下，但或許是被黏液包覆的關係，效果很差。』

「喔──那感覺就很難了欸，而且牠一潛入海裡，火就沒用了。』

『牠太無敵了吧？根本沒啥攻略線索。還是整艘船撞上去……對喔，可是船舵不能操作。』

『貴族小哥，你那邊沒有其他東西嗎？像機關之類的。』

『如果除了投射器以外沒有其他武器，那我們這一方也太弱勢了。』

「機關……」

利瑟爾忽然想起那句留言。

在唯一設有書櫃的房間中央，藏在航海圖底下的小房間。

惡名昭彰的大海賊就鎮座在那裡，無論是背後絢爛奢華的金銀財寶，還是頭上那頂海賊帽都與他十分相襯。那名船長留下的話語至今仍未派上用場，靜靜留存在利瑟爾的記憶當中。

那句指令該用在哪裡？

利瑟爾心裡早已有了頭緒，只是──

「是有機關沒錯。」

「喔──！」

『但那條線索是從一位立場敵對，而且還被我大肆挑釁的對象拿到手的。』

『沒想到助理教授也會做出這種事啊……』

這句話是陷阱的機率並不為零。

在決勝的關鍵場面，船長滿腔的怨恨頓時引爆的可能性也絕對不低。在面臨強敵的時候嘗試這道線索恐怕是場豪賭，利瑟爾已經徵求過劫爾和伊雷文的意見，決定先擱置不管了。當時的結論是，如果真的沒有其他辦法再試試看。

「如果是利瑟爾大哥的話，一定沒問題的啦！你運氣超好！」

「你嗓門太大了，雜魚。」

聽見這朝氣蓬勃的聲音，伊雷文立刻興致索然地這麼回道。

艾恩馬上反咬一口，遇上挑釁時用脊髓反射回嗆是冒險者的常態。

『滾一邊去啦死獸人！』

『我也是獸人。』

『反對獸人歧視。』

『不是啦，你們明明知道我不是那個意思！』

由於旁邊有不特定多數人在聽，艾恩陷入一團混亂。

不過艾恩也知道大家只是在揶揄他而已。很多冒險者都用特徵彼此稱呼，不會叫名字，所以獸人都很習慣了。這是因為大家平常不會一一自我介紹，而且出入公會的冒險者也時常變動的關係。

這些稱呼有可能是武器，也可能是特徵明顯的裝備等等。

像是【紅色全身鎧】、【敏捷的小狗】、【長角頭盔】、【超長髮男】之類的，基本上都是些讓人搞不懂到底在讚美還是損人的暱稱。

大多數冒險者都不太在乎別人怎麼稱呼他們，反正只要簡單好懂就行了，直到公會職員也開始這麼記住他們的時候才會開始有點介意。

「我的運氣很好嗎？」利瑟爾問。

「隊長該說是運氣好嗎，應該是因為準備很周全，所以自然做什麼都順利

「單純論運氣的話,應該是伊雷文的運氣比較好吧。打牌的時候,你的牌運也總是很好。」

艾恩的鼓勵儘管毫無根據,還是往利瑟爾背後強勁地推了一把。

這下該怎麼做呢?利瑟爾向伊雷文使了個眼色。伊雷文本來就是個渴望刺激的人,利瑟爾看見他愉悅地瞇細了雙眼,明白這場豪賭並非全無勝算,於是輕輕點了點頭。

『既然沒有其他辦法,你們也只能試試那個線索了吧。』

『說得沒錯。』

『去吧去吧,雖然出了事我們沒辦法替你收屍。』

『打不過的話記得快逃啊。』

輿論也慢慢傾向這一邊了,利瑟爾微微一笑。

他原本就猜測話題應該會往這方向發展,畢竟獲勝機會就像塊肉一樣吊在眼前,沒有冒險者會選擇不咬餌。說到底,就連他們平常跟魔物的每一場戰鬥,本來就都無法保證百分之百獲勝。

考量到這點,中獎和落空機率各半的狀況已經稱不上是賭博了。也可以說這是冒險者的本能,反正扯上迷宮怎麼多想也沒用,不顧一切往前衝就對了。

『在迷宮裡還是不錯,只要跑到其他階層就能安全逃脫,輕鬆多了⋯⋯』

『在外面接委託一直被追著跑的時候，那種「我到底要跑到什麼時候」的感覺好強烈啊。』

『最後一定會逃進某個村莊，然後被人臭罵一頓。』

『我們之前才因為這樣被門衛罵到臭頭。』

『我們是好心提供他們實戰經驗欸，做人要懂得感恩好不好。』

『那我就去努力一下囉。』

『啊？』

對話逐漸往閒聊方向發展，利瑟爾盡量不打擾其他人，只跟他們說了一聲。傳聲筒裡接連傳出幾道目瞪口呆的聲音。利瑟爾從傳聲筒旁退開，扶著瞭望臺的柵欄，尋找劫爾的身影。剛才還看他拿著金屬槍在擊落冰塊，現在則拿著一把陌生的劍，往襲來的觸手劈砍。

投射器放置長槍的位置還剩下兩把槍，在目前缺乏決勝手段的狀況下，劫爾似乎有意避免將它全數用盡。

「劫爾。」

利瑟爾一喊，劫爾便朝他望過來。

儘管從頭目身上移開了視線，他回擊觸手的動作卻並未停止。劫爾手上的劍似乎帶有火屬性，伴隨著水氣蒸發的聲響，飄出一陣香噴噴的燒烤味，站在瞭望臺上都聞得到。

伊雷文就站在利瑟爾身邊，肚子咕嚕嚕地叫了起來。

「它明明看起來這麼難吃……」伊雷文說。

「味道聞起來卻很香呢。」

當事人似乎對於肚子發出叫聲感到非常無奈。

利瑟爾贊同似的回道，面朝劫爾指了指船舵的方向，說：

「我們試試那個吧。」

聲音差點被強烈的海風颳去，但看來還是傳入了劫爾耳中。那人朝他輕輕舉起一隻手，剛才被他劈開的觸手扭動著前端，退回了海裡。

「就拜託你繼續跟其他冒險者保持聯絡了，伊雷文。」

「隊長，你顯然比我更適任欸。」

「可是船舵只有我能轉得動呀。」

「是沒錯啦……哎，反正也還有大哥在，好吧。」

伊雷文自己想通了，將手肘往柵欄上一擱，利瑟爾也朝他微微一笑，示意他不用擔心。

或許是因為實際與船長辯論的人是利瑟爾，船長留下的暗號似乎也只有利瑟爾有權使用。無論劫爾和伊雷文怎麼左右轉動船舵，它都紋絲不動，而一旦換成利瑟爾觸碰，舵輪便聽話地往他操作的方向旋轉，輕輕來回晃動。

這正是暗示了暗號用處最明顯的線索。

「往右三格，往左全力」。

毫無疑問，便是指示他這麼轉動舵輪的意思。

伊雷文側眼看著利瑟爾爬下桅杆上的梯子，用手指彈了傳聲筒一下。

『吵死啦。』

『剛才那是什麼聲音？是說貴族小哥咧？』

「我跟隊長換班啦，現在由我來跟各位報導戰況——」

『你是那個獸人嗎？』

伊雷文露出譏諷的笑容，打趣似的這麼說道，傳聲筒另一頭頓時一陣騷動。

有人大笑說「還有戰況報導喔，也太貼心了吧」；有人喝倒彩要他快滾；有人詢問利瑟爾是否平安。還在努力攻略迷宮的冒險者大發牢騷。利瑟爾剛才發言的時候也摻雜了各式各樣的對話，不過仍然能聽得出來，剛才確實存在的某種秩序瞬間崩解了。

也可以說終於變回了冒險者平常的對話，對伊雷文來說正合他意。

「隊長現在正在爬下梯子。」

『叫他小心爬。』

「笑死。然後大哥過來接他了⋯⋯哇靠，剛才大哥用火砍過的烏賊腳快要復原了。」

『火?』

『是屬性武器嗎?』

『一刀除了平常的武器以外,居然還有其他武器喔。』

『太奢侈了。』

在伊雷文的視線另一端,一隻觸手從海中揚起,正是劫爾剛才劈砍過的烏賊腳。被頭目身上的黏液阻隔,再加上劫爾本身揮砍的速度,那隻觸手上看不見漂亮的燒烤痕跡,但應該還是施加了一定程度的燒傷才對。如今那道切口上微微冒著煙,已經快癒合得看不見了。

斷面上的纖維彼此連結,縫合似的逐漸填補了傷口,不過觸手數量沒變多就謝天謝地了。

「喔——不過牠癒合的速度很慢。」

『但要是牠一直拉開距離,等到完全恢復再冒出來,那也沒意義了。』

『照這樣子,大概要一口氣把牠全身點燃,不然可能都沒啥用。』

『假如我們能過去,就能所有人一起拿火把包圍牠了。』

『這樣報酬要平分,每人只能分到一點欸,有夠寒酸。』

『是說我們現在不也在幫忙了嗎?』

「關於這方面,隊長好像有點想法啦。」

傳聲筒裡頓時歡聲雷動。

冒險者們一開始也不是為了要求回報才幫利瑟爾出主意的。有些人是在休息時順便打發時間；有些人是聽說利瑟爾他們已經在打頭目了，因此放棄搶先通關，決定在一旁看熱鬧；也有些人在船上迷了路，進也不是、退也不是，只好將一切希望賭在利瑟爾他們的通關上頭。

說他們完全沒有其他算計是假的，但也只是嘴上開開玩笑的程度。在這時候卻收到意料之外的回報，大家當然會高興得歡呼，尤其對方可是看上去就不會吝嗇謝禮的利瑟爾。

「他剛才那段時間都在往下爬喔？」
『還真慢。』
「嗄？」
「你不要發飆，我這樣講又不是瞧不起他的意思。」
『利瑟爾大哥只是比較慎重！』
「我們也跟他一起潛入過迷宮，他動作根本不像你們說的那麼慢！』
『是說他到底哪位啊，從剛才開始就話很多欸。』

傳聲筒那頭立刻吵鬧起來，伊雷文退開幾步，俯視甲板。

「喔，隊長和大哥會合啦。」

利瑟爾正好剛走下梯子，正和劫爾討論著些什麼。在他們說話的期間，頭目的觸手也像毒蛇撲咬獵物那樣迅速逼近，不過在利瑟爾的魔力護盾將它彈開之前，就

被劫爾揮劍斬退了。

「那是短彎刀⋯⋯不對，賽施爾彎刀？」

彎曲的刀身微帶紅色，色澤在斬擊的瞬間變得濃烈。能砍穿骨目的外皮，而且還帶有足以燒灼牠的高溫，不用想也知道這把無疑是從特別深層開出的東西。附有屬性的武器基本上都是迷宮品，不過劫爾手上這把無疑是從特別深層開出的東西。

伊雷文從瞭望臺上探出身子，朝正下方揮手。利瑟爾注意到他的動作，抬頭仰望過來，也朝他輕輕揮手。劫爾也同樣往上看，卻是一臉無奈。

「我想看你那把刀──」

劫爾揮揮似的朝他甩了甩手。是之後再說，還是想都別想的意思？看利瑟爾在他身旁苦笑，恐怕是後者吧，小氣鬼。

『喂──你們那邊怎麼樣啦？』

「被大哥鄙視了。」

『他鄙視貴族小哥嗎？!』

「被鄙視的是我。」

『原來是你喔，那沒事了。』

「哪裡沒事啊。」

伊雷文和那三人開著玩笑，回到傳聲筒旁邊，斜倚在背後的欄杆上。

利瑟爾和劫爾正快步走向船舵。總覺得頭目的猛攻更加劇了幾分，不知是不想讓他們往那裡去，還是單純的偶然。假如這不只是偶然，那位豪邁的船長或許沒那麼憎恨他們。

「是說隊長不在，我這邊就擋不住……唔哇！」

才剛說完，冰塊便朝伊雷文飛來。

他連忙蹲下身躲過。冰塊砸在環繞瞭望臺的欄杆上，多虧了迷宮不會毀壞的規則，外觀看起來只有普通強度的木製欄杆半點也沒有歪曲。只有從正面與它劇烈衝撞的冰塊發出刺耳的聲響，砸成了碎塊往下掉。

『喂，剛才那麼大聲是怎麼了？』

「冰塊往我這飛過來，砸到欄杆啦。」

『喔，因為欄杆砸不壞，所以等於是一面牆囉。』

『可是剛才都沒聽見這種聲音。』

「啊，原來是這樣。好像是因為怕你們嚇到，所以隊長剛才放了護盾。」

『好、好貼心……！』

看來是為了避免聲音太吵，妨礙到對話，因此利瑟爾每次都一一展開了魔力護盾。

能夠抵擋頭目攻擊的護盾需要耗費相當的魔力，不過利瑟爾決定聽取旁人建議的那一刻，就將這視為必要的開銷了吧。與其說是他喜歡整頓談話的環境，不如說

「隊長抵達船舵旁邊啦。」

「喔,終於到了。」

「但他好像有點苦惱。看他一副在意頭頂上的樣子……可能是在說,早知道就跟船長借一下海賊帽了。」

「那一定要的。」

「要在海賊船上掌舵,那當然要啊。」

「絕對需要。」

冒險者是種追求浪漫的生物。

但他們還在測量室地底下的時候,根本沒想過暗號會用在這裡。要是早點知道,利瑟爾應該也會借那頂帽子一用吧。真是失算,利瑟爾一臉遺憾,不過這也只能放棄了。

「啊,大哥拿了一頂頭盔給他戴,是有角的那種。」

「頭盔?」

「一刀壞掉了?」

「喔——是維京頭盔吧,那確實也滿適合在船上戴的。」

雖然帆船搭配維京頭盔這組合有點突兀,但還是營造出了大海與航船的氛圍。

他視之為理所當然,覺得這是件本來就該做的事,說起來或許也很符合利瑟爾一貫的作風。

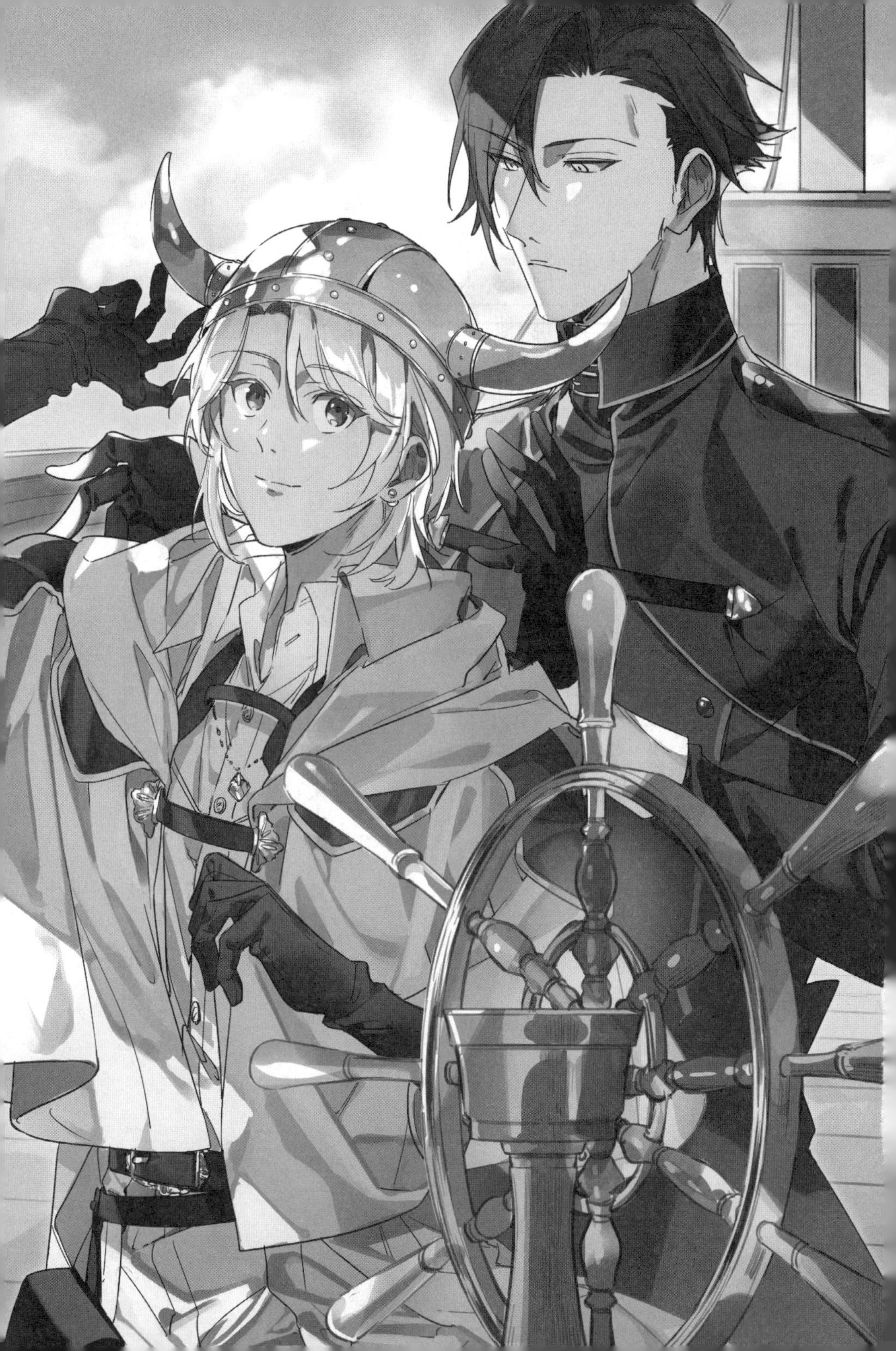

只是利瑟爾戴起頭盔無敵不適合,所以在這場景下顯得格格不入。倒不如說他不戴頭盔反而比較自然,看起來還像個聘請船隊當護衛的貴族。儘管那頭盔是劫爾拿出來的,但就連他自己也露出了「這樣真的好嗎」的表情。那神情之中,感覺也帶了點看好戲的意味。

話雖如此,利瑟爾總是想全力享受他在原本的世界沒機會去做的事情。安排帆船漫遊諸國⋯⋯不對,是旅遊外交,對他來說本來就不算什麼特別稀奇的事情,他或許覺得扮演海賊和維京人有趣更多。

『可是非常可惜,隊長戴起來一點也不適合!』

『果然嗎⋯⋯!』

『不太意外⋯⋯』

說歸說,他們還是樂得大聲爆笑。

『好的,現在隊長意氣風發地轉動了舵輪——』

『是說線索到底是啥啊』

『喔,就是叫我們轉動船舵的意思。那是在哪裡拿到的啊?』

『就是一句留言,往右怎樣、再往左怎樣的,『怎樣』的部分都是數字。』

『隊長他威脅了船長。』

『貴族小哥原來長成了一個懂得脅迫別人的人啦⋯⋯』

『一方面不想要沉穩小哥去幹那種事情,一方面又想叫他多幹幾次,兩種心情

『原來助理教授是這種人嗎,好意想不到……』

伊雷文輕浮地笑著,從高處看著利瑟爾小心翼翼地轉動船舵。

他應該很想放手大膽去轉吧,但萬一轉錯次數,不曉得會發生什麼事。可能什麼也不會發生,也可能掉進腳下挖空的大洞。沒辦法,誰叫迷宮就是任性。

「喔?」

或許是按照線索轉完了,利瑟爾放開船舵,緊接著劫爾狠狠往舵輪上揍了一拳。

無人觸碰的舵輪開始自行轉動。似乎響起了什麼聲音,伊雷文探出身體,豎起耳朵聽。那與周遭的浪濤聲完全不同,是人工的金屬聲,似乎是從船舵正下方傳來的。

聽起來像齒輪咬合、繩索拉動的吱嘎聲,感覺就像某種機關正在運作的聲音。

他看見劫爾帶著狐疑的表情退後一步,利瑟爾也不著痕跡地躲到了劫爾身後。

「喔──」

下一秒,船舵底下,與甲板相連的一扇門猛地打開了。

他們起初探索時也找到了這扇門,但一直打不開,原以為它只是個裝飾品。

「底下的門開了──!」

從利瑟爾他們的角度多半看不見,伊雷文於是指向那裡,扯開嗓門大聲喊道。

利瑟爾舉起一隻手,似乎正想揮手向他道謝。但那隻手臂立刻被劫爾抓住,兩

人一起往下層一躍而下。下個瞬間，高舉到能遮擋日光的觸手便狠狠剷過利瑟爾他們不久前站立之處。

衝擊力道大得整艘船劇烈搖晃。觸手緩緩抬起，舵輪的碎片從那上頭紛紛落下。這違反迷宮法則的情景，看得伊雷文不禁嘴角抽搐。

「船舵被打壞啦。」

『這不是糟了嗎！』

「但機關已經打開了，大概是沒問題吧。」

『可是剛才瞭望臺不管怎麼砸都沒壞吧？』

『船舵可能只是沒用處了，所以才壞掉？』

「喔──原來是這樣。」

假如船要沉了，他們會立刻撤退，但原來只是迷宮對小細節的堅持啊，滿合理的。

在此期間，利瑟爾和劫爾也在剛打開的門扉裡四處窺探。裡面不知道放著什麼呢？看那位船長的個性，也許放著什麼一擊必殺的兵器也說不定。

也可能只是金銀財寶就是了。確實也值得高興，但要是真的在頭目戰當中收到這種東西，還是滿教人為難的。

「裡面是什麼啊──？」

優雅貴族的休假指南。17

「這裡放著很多木桶。桶子裡裝的是……」

利瑟爾探頭到門外回答他,又往門內說了一、兩句話。看來是劫爾正在確認木桶裡的內容物,他可是能徒手撬開木桶的人類代表。

接著,利瑟爾似乎和門內的人確認完畢,高興地笑了開來,向伊雷文高聲說:

「是油。」

原來是這麼回事,伊雷文高舉了幾次拳頭。這表示他知道了,同時也是因為確信了己方的勝利,而和利瑟爾分享內心的喜悅。這一次利瑟爾確實向他揮了揮手回應,接著又想起什麼似的再次與劫爾交談起來,然後興匆匆地和伊雷文分享情報。

「劫爾說,他不清楚那是什麼油。」

「喂,結果裡面放著什麼東西?」

「隊長說是油,而且好像是非常大量的油。」

「喔,那就可以用那些油……」

「順便告訴你們,油的種類成謎。」

「知道是哪一種油也不能怎樣啊。」

說得沒錯,伊雷文邊看向頭目,邊點點頭。

頭目白色的巨大身軀停止了動作,唯有觸手在水面上擺動。牠是察覺了些什

麼，正在觀察情況嗎？頭頂上明明是萬里無雲的藍天，卻好像暴風雨前的寧靜似的，周遭充斥著令人心緒不寧的氛圍。

瞬間吹起一陣特別強勁的海風，伊雷文的頭髮在風中大幅翻飛。

「（啊，他在看這裡。）」

他不經意垂落視線，便看見利瑟爾朝他仰望而來。

那人在眩目的陽光中微微瞇細了雙眼，他總是毫不保留地說，他喜歡這紅色。他喜歡這紅色。那道目光無比溫柔，因此伊雷文也沒藏起自己臉上的笑意，帶著「你儘管看」的意味，便打起精神，跑去幫忙正毫不費力地將木桶搬出門外的劫爾去了。

利瑟爾有趣地笑了開來。接著，他有些不捨地將落到頰邊的頭髮撥到耳後，微偏了偏頭。

「接下來要把油潑到頭目身上點燃吧，但那個木桶不曉得該怎麼辦，難道大哥要舉起來丟喔？」

「即使是一刀也不太可能吧，裝滿油的木桶可是很重的喔。」

「我接過港口的搬貨委託，搬過類似的東西，那種木桶不可能丟得出去啦。」

「看起來確實是很重欸，隊長本來也想搬，結果只是在原地搖晃木桶。」

「什麼搖晃，你不要這樣講啦，他太可憐了。」

「你叫他把桶子橫倒下來，用滾的啊。」

「木桶就是為了放在地上滾才做成那個形狀的，快告訴他啦。」

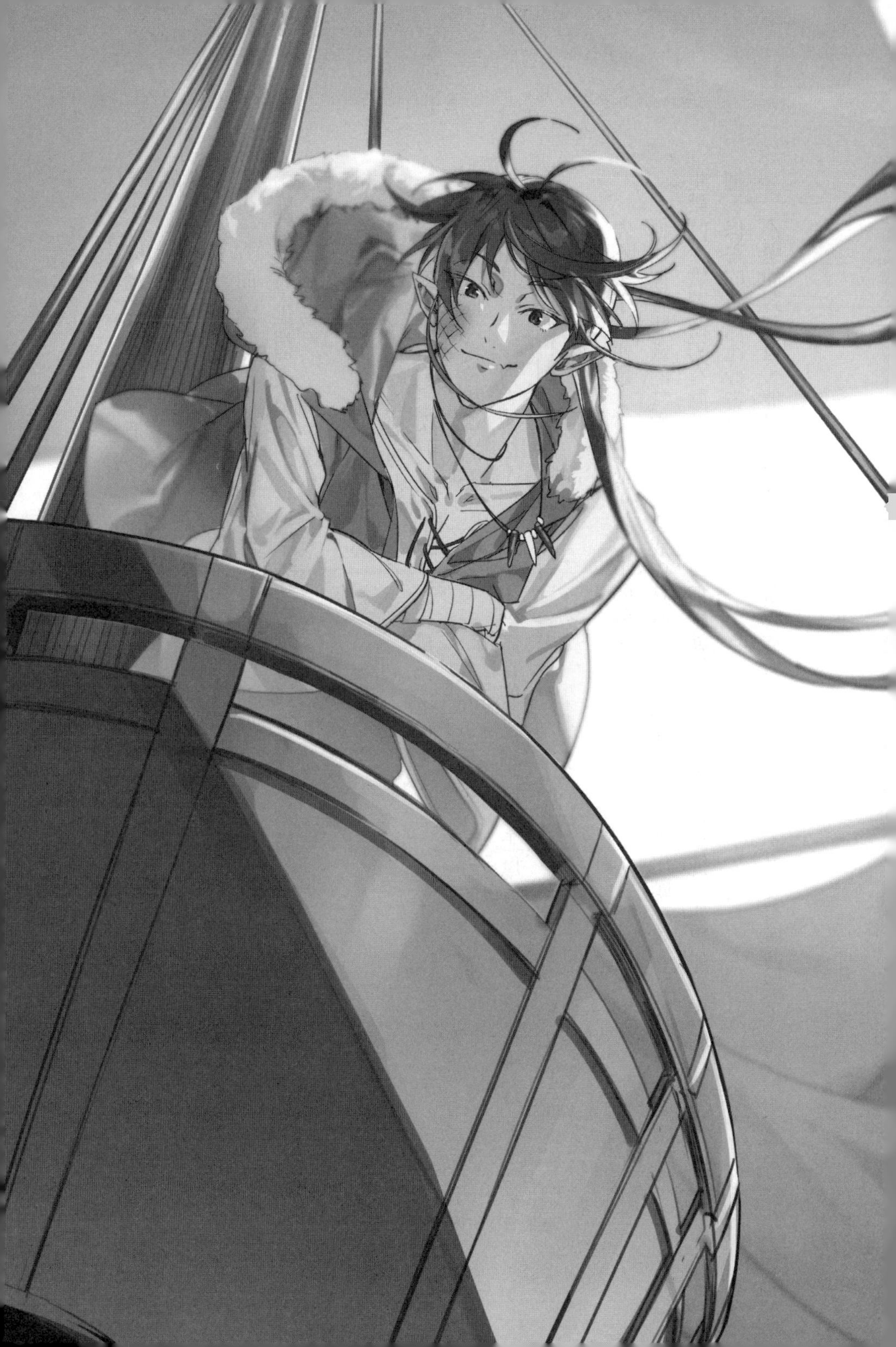

「因為大哥就直接把桶子抬起來了⋯⋯隊長──」他們叫你把桶子橫放，用滾的──」

利瑟爾聽見了他的建議，將原本咕咚咕咚左右搖晃的桶子慢慢放倒。一方面是因為裡面裝著液體的關係，桶子倒到地上時沒發出太大的聲音。劫爾卻帶著一言難盡的眼神看著他。

「喔，他們好像打算用投射器喔。」

「喔──這樣就能把桶子射過去了。」

『弓弦拉得動嗎？那可是木桶耶。』

「這方面大哥會想辦法，可以啦。」

「如果只有一刀有辦法，那等我們遇到頭目的時候到底該怎麼辦啊。」

『反正你們也到不了啊，想這個有意義嗎？』

「你去死啦！」

差不多了，伊雷文靈巧地轉著手上的劍。他只握著雙劍的其中一把。在戒備階段，這兩把劍鮮少同時出鞘，畢竟即使發生戰鬥，戰況游刃有餘時他也只需要一把劍就夠了。理由非常單純，如果能少用一把，保養的時候比較省事。

不過面對頭目，他是不會吝惜拿出所有實力的。看情勢差不多要有所改變了，

他拔出成對的雙劍，握在手中。

他的視線另一端，利瑟爾正在調整著巨大投射器的結構，劫爾將木桶設置於其上，轉動滑輪、捲起繩索，逐漸拉緊弓弦。

「（啊？剛才利瑟爾這樣拉吧……喔，原來在房間裡啊。）」

看來，剛才利瑟爾說找不到的金屬零件就放在隱藏房間裡面。

換言之，他們三人跳過一個關卡，搶先使用了投射器，然後現在又準備用始料未及的方法投擲木桶。

冒險者本來就會一一嘗試所有可能的辦法，說起來這很符合冒險者的作風沒錯。

「（但總覺得啊──）」

這本來是隻毫無破綻，教人無從下手的魔物。

考量到這點，船上設有投射器這種協助討伐的機關或許並不奇怪，但也鮮少見到頭目的攻略方式被限制到這種地步。在伊雷文看來，這種乖乖按範例照抄的戰鬥簡直噁心得讓人想吐──換作是平常的話，他應該會這麼說吧。

「這迷宮真的有夠奇怪。」

只要真的說起來，這迷宮本身實在有太多例外了。

無預警在眾多國家同時出現、同時消失，而且還能跟貌似船長的人物溝通。

最誇張的是，竟然還能在迷宮裡跟其他冒險者彼此聯絡。對於熟悉迷宮的冒險者而言，這全都是無法想像的事。

除了特例以外還是特例，一切都超出了想像的範疇，要說迷宮沒什麼不可能也該有個限度。

——正因如此，冒險者們反而毫不露怯，勇於挑戰，覺得這樣反而更符合迷宮的作風。想到這裡總讓人覺得……

「這說不定是迷宮的慶典喔。」

「啊？你說啥？」

「沒什麼。木桶裝填完成，隊長負責瞄準，大哥射擊……喔，命中啦。」

「沉穩小哥瞄準？喔，因為他平常會發射魔法嗎？」

「你以為所有魔法師都一邊做那種計算，一邊射出火球那些東西喔，怎麼可能啦——癡！」

『你要確定欸，你這樣講等於在說自己腦袋裡也都裝肌肉。』

「隨便啦!!」

『我們的腦子跟你們長得都一樣啦，一群腦子裡裝肌肉的蠢貨！』

傳聲筒另一頭好像有人暴怒了。

「喔——頭目超生氣的。」

『那也沒辦法。』

「要是有人拿油潑我，我也會超生氣。」

『馬上填充下一發，木桶射出！哈哈，全身油膩膩的頭目，看起來有夠噁的啦

「――」

巨大的魔物想擺脫覆在身上那層油污似的，以觸手抹著油，反覆將它拍擊到海面上。

牠的動作噴起無數水柱，水滴摻雜著黃色的油滴，反射強烈的太陽光熠熠發亮。那些水滴也毫不留情地噴上船來。伊雷文不想沾上油臭味，也不願想像利瑟爾渾身油臭味的模樣，但他也無法阻擋。他領略到幾秒之後的慘狀，眼神逐漸死去。

「啊。」

不過，在一切真正發生之前，魔力護盾便籠罩在伊雷文周遭。

往下一看，在劫爾緊急披在他頭上的外套底下，利瑟爾正望向這裡。兩人周遭也同樣展開了護盾，投射器和木桶好像都平安無事。他們應該是不希望待會要碰到手的東西被沾上油膩吧。

「不愧是隊長，也太貼心了吧。」

『怎麼啦？』

『你是說利瑟爾大哥吧！他和我們組隊的時候也在緊要關頭──』

「吵死了，雜魚。」

伊雷文關上了傳聲筒的蓋子。

直到現在，他還無法接受利瑟爾和艾恩隊伍一起潛入了迷宮。其實伊雷文看不順眼的還不只這點，他打從第一次跟艾恩他們打照面就看他們不爽了，但背後的理

由他這輩子都不打算說出口。

他在魔力護盾的守護下等了數十秒，直到傳聲筒差不多安靜下來才打開蓋子。

「然後海面上也淋滿油啦，木桶射擊結束。」

「你不要突然失蹤啦。」

『現在怎麼樣了？點火了嗎？貴族小哥放個魔法就行了吧？』

「現在隊長正瞄準了頭目的頭部……預備，轟──！好熱──！！」

周遭頓時化為火海。

「大哥你趕快帶隊長上來！快點！」

幸好船沒燒起來，但站在甲板上等於被火牆包圍。即便他們身上都穿著上好裝備，也抵擋不了席捲而來的熱浪。這得快點躲避才行，劫爾立刻一把抓住利瑟爾的手，朝著瞭望臺走來。

劫爾一進火山迷宮也不至於心情急速變差了。

劫爾要利瑟爾先上去，將他往上推，伊雷文慌忙把人拉了上來。

「底下都是海面，我原本以為只有頭目會燒起來。」利瑟爾說。

「結果燒得比你想像中還誇張啊？」伊雷文問。

「非常誇張。」

「熱死了。」

「忍耐一下就好。」

聽見劫爾發牢騷，利瑟爾面露苦笑說道。伊雷文走到他身邊，與他並肩站立。

風從海面上捲起，高高撩起他們的瀏海。三人的視線另一頭，是廣闊無垠的大海中央，頭目被熊熊烈火包圍的身影。火焰以那些與牠融為一體的帆船為柴薪，燒得越發猛烈。在痛苦掙扎中，牠那些觸手數度撞上船身，使得整艘船劇烈搖晃。

瞭望臺上還真晃啊，伊雷文邊想邊不經意看向腳邊。

「啊、啊──燃燒的烏賊腳要爬上來了，啊──！」

燒得正旺的觸手從他們腳下逐步進逼而來。

「畢竟桅杆感覺就很適合纏繞攀爬嘛。」利瑟爾說。

「這下怎麼辦？」劫爾問。

由於瞭望臺構造的關係，劍砍不到從正下方攀爬而上的觸手。

牠受到驚嚇應該會縮回去吧，劫爾於是取出投擲用的大劍。然而，在他正要擲出大劍的前一刻……

「劫爾。」

利瑟爾卻拉住了他的手臂，動作間帶著要他後退的意圖。無論利瑟爾再怎麼使勁，劫爾的身軀也不可能動搖一絲一毫，但他退後了。他直起原本探出瞭望臺的身體，凝視著利瑟爾筆直望向海中頭目的側臉。伊雷文也意識到利瑟爾抬起手掌是什麼意思，於是按兵不動。

下一刻，頭目的動作改變了。

露出水面的水晶體微微發光,在熾烈燃燒的水面中,牠龐大的身軀蜷縮起來,猛烈抽搐了一下。那頭強大的魔物高高舉起兩隻燃著火焰的觸手,緊接著——

整片汪洋大海瞬間凍結。

「哇靠,結冰了。」

「牠一定覺得很熱吧。」

「這下船也靜止不動了。」劫爾說。

以頭目的巨軀為中心,出現了一整塊結冰的陸地。彷彿被厚重的冰層覆蓋似的,火焰都熄滅了。

同時,頭目除了兩隻觸手以外的腳都被凍住,和海賊船一樣無法動彈。

「我們現在有路能過去了,這樣想沒錯吧?」

「沒什麼問題。」

利瑟爾解開遮蔽寒氣的魔力護盾這麼問道,而劫爾好戰地撇著嘴回答。

冰層鋪成的道路將海賊船與頭目連結在一起,既然在海浪搖晃下也並未裂開,可見冰層相當厚實。

「伊雷文,你要過去嗎?」

「啊,真的可以?要去要去。」

「那我來跟你換班。」

「隊長,你真的不管怎樣都想用這個傳聲筒欸。」

劫爾握著大劍，跳下桅杆，伊雷文也緊跟著踩到圍欄上頭。

他俯視那條仍捲在桅杆上便被凍結成冰的觸手，望向毫不遲疑踏上海面浮冰的劫爾，最後回頭看了看利瑟爾，不過依然一躍而下。經過一連串努力，終於整頓好了能盡情作戰的場地。

「伊雷文也和劫爾一起去玩耍了，所以現在換我來講解。點火之後，頭目和整片海面一起燒了起來，不曉得是否為了對抗火勢，牠的魔力發生暴走，將周遭的水面整片凍結——」

『去玩耍?!』

這樣講好像有點語病。

頭目發動攻擊的觸手減少到剩下兩隻，而且還能踩在陸地上戰鬥，形勢很快朝這邊傾斜。

雖然稱不上輕鬆獲勝，但三人還是平安打倒了頭目。他們沒看到通關報酬，可能是因為這座迷宮每一次有人通關都會消失，下次再重新出現的謎之特性使然。

還真是座充滿慶典感的迷宮，三人深有所感。

「這迷宮還真奇怪啊。」劫爾說。

「玩得很開心呢。身為冒險者的榮譽，就算是通關報酬了吧。」利瑟爾說。

「比起那個，我更想要一點別的東西欸。」伊雷文說。

利瑟爾他們完成了通關，如今正站在逐漸沉沒的海賊船上。隔著湖水，能看見對岸撒路思的市街，他們已經離開迷宮，回到了原本那艘漂浮在湖裡的海賊船上。一旁正圍觀海賊船的撒路思民眾也意識到迷宮已經被攻略，人群間爆出一陣歡呼聲。

然後，他們眼前是一大群陷入恐慌的冒險者。

沒錯，甲板上擠滿了剛才同樣潛入迷宮的冒險者們，似乎在有人通關的同時，所有人都一起被退出迷宮了。當然不可能讓他們連著迷宮一起消失，所以這是理所當然的流程，可是⋯⋯

「喂船在下沉啦怎麼辦鎧甲會沉下去！啊，助理教授，恭喜你們啊！」

「嘿，記得告訴公會這次是撒路思通關，公會的女孩們會很開心的。喂，快叫小船過來！」

「趕快拿布把裝備包一包丟上岸！然後跳下去游泳！」

「小船快點來啦拜託——！我不會游泳——！不是，爺爺你不要笑了，趕快啦！」

情況一片混亂。

「這麼說來，我們上船之前也看到有人在賣防水布呢。」利瑟爾說。

「商人要是知道事情會變成這樣，應該更努力點推銷啊。」劫爾說。

「我們該怎麼辦？讓大哥先把行李丟到對岸，然後游過去嗎？」伊雷文問。

「劫爾出手的話一定不愁距離不夠，但要是丟得太大力，岸邊的房子會被砸傷哦。」

「也不是不可能。」劫爾說。

劫爾雖然能做到一定程度的投擲，但論精準度也只是門外漢。假如讓劫爾使用西翠那把弓，能不能像他用得那樣嫻熟還很難說。因此這次能不能拋出理想的拋物線，在無人落地，也只能賭賭看了。不過，他們周遭的冒險者倒是毫不介意地紛紛把行李丟出去，有些砸在家屋的外牆上，也有些丟得不夠遠，直接掉進了湖裡。

畢竟湖面上的小船數量根本不夠，而且海賊船此時此刻也在不斷下沉。

「只能把東西盡可能裝進空間魔法裡，輕裝游過去了……」利瑟爾喃喃說。

「來貴族小哥，小船過來啦，上船上船。」

「咦？」

在爭相湧向小船的冒險者們旁邊，利瑟爾他們卻毫不費力地被送上了船。原來如此，這就是冒險者對於迷宮通關者致上的敬意吧。利瑟爾恍然大悟，而在他身旁，劫爾和伊雷文理所當然地別開視線。讓利瑟爾混在冒險者游泳大賽當中啪答啪答地踢水才更可怕吧。

「先收錢啊，船費是一枚銀幣。」

「怎麼比過來時更貴？」劫爾說。

「根本在敲竹槓嘛。」伊雷文也說。

「哈、哈,冒險者啊,你們在迷宮裡賺得怎麼樣呀?」

撒路思的人民還真強大,利瑟爾他們付了船費,緩緩駛離海賊船。逐漸沉沒的海賊船有種不可思議的魅力呢,利瑟爾靜靜望著它的全貌。至於那些從海賊船上發出戰吼、一個接一個跳進湖裡的冒險者們,利瑟爾望著他們,就先裝作沒看見吧。順帶一提,利瑟爾他們腳邊放滿了其他冒險者請他們幫忙載運的行李,「拜託只要讓我的裝備上船就好」。

「啊。」

到了眾多小船陸續自海賊船旁離開,船上已經見不到任何一位冒險者的時候,即將沉入湖底的海賊船忽然停止下沉。從傾斜的船首上,那位仰望天空的美麗人魚開始,浮現出無數如雪花般細小的光點。從撒路思的市街上,能聽見此起彼落的讚嘆聲。

光點從船首蔓延到甲板,攀上粗大的桅杆,滑過船帆,過不久便裹住了整個船身。那艘高大雄偉、必須抬頭仰望才能窺見全貌的海賊船,原先已沉入湖中的船尾彷彿被從湖底推上水面似的,恢復了原有的樣貌。

掀起的水波從側面輕輕推動利瑟爾他們乘坐的小船。

「他們又能繼續航海了。」利瑟爾說。

在湖面上的風吹拂之下,海賊船滑過水面,融解在光裡似的消失不見。

「雖然這裡是湖泊,不是海。」伊雷文說。

「消失的方式也一樣引人注目。」劫爾說。

「這不是很符合那位船長的作風嗎?」利瑟爾說道。一行人懷想著那位船長,目送海賊船啟航。

當天夜裡。

他們三人一起在旅店裡吃著晚餐的時候,老者得意洋洋、喜形於色地跑來找他們攀談。

「喲,聽說你們去了海賊船?」

「是呀。」

「爺爺,你也去過嗎?」伊雷文問。

「那當然,不過是好幾十年前了。不說這個了,那船長還活蹦亂跳的嗎?」

「他都是白骨了。」劫爾說。

「他是位充滿霸氣和威儀的船長哦。」利瑟爾說。

「那太好啦!他算是個滿好溝通的傢伙吧?既然只能動一張嘴,不能動手,我們冒險者除了跟他拚酒也沒有其他辦法啦。結果那傢伙大笑著答應了,而且他的酒量還真不錯啊。你說是吧!」

「是吧?即使他這麼問,利瑟爾也不知該怎麼回答。

劫爾和伊雷文一聽便察覺了一切,開始思考這時究竟該表示同情還是該表示同情。
「他還說啊,要是拚酒拚輸了,那可是海賊一生的污點。最後那傢伙說他到了緊要關頭會助我們一臂之力,丟下這句話就消失不見了,結果誰想得到,他居然在打頭目的時候帶著手下,替我們將一堆裝滿了油的木桶發射出去。那一幕還真讓人熱血沸騰啊,對吧!」
對吧?即使他這麼問,利瑟爾也不知該怎麼回答。
劫爾和伊雷文看著利瑟爾那副模樣,開始思考該怎麼回應老者這番話。
「明明是個惡棍,卻這麼講義氣,這傢伙很有意思吧。」
「是呀,您說得沒錯。」
利瑟爾露出無可挑剔的笑容,點頭如此答道。
老者見狀咧嘴一笑,在老婦人的呼喚下背向他們離開了。他絲毫不懷疑他們是否發現了隱藏房間,也理所當然地認為肯定是他們通關了迷宮,只是像閒話家常那樣順道來找他們說兩句話。那道肌肉壯碩的背影就這麼消失在門扇的另一側。
飄散著嫩煎魚排香味的餐廳裡,只剩下他們三個人。利瑟爾喃喃說:
「……看來船長還是滿怨恨我的。」
反正最後還是打倒了頭目,那不就好了嘛——他們說著這種徒具形式的安慰之詞。

# 打盹的魔物研究家以無比幸福的心情醒來

比方說，這是某人的夢。

每個冒險者，必然都夢見過自己一騎當千的模樣。

比方說，頭目就近在眼前，你手上握著值得信任的武器，一揮舞它，鮮血便從那頭強大魔物的身上噴湧而出。你在千鈞一髮之際躲過對方的攻擊，肌膚上流下一道血痕。

你在地面上疾奔，蹬地一步直逼對手，劃破空氣的劍尖能輕易劈開魔物強韌的肌骨。那是現實中不可能執行的動作、不可能出現的武器性能，但夢境能顛覆所有常識，一切都能實現。

一進一退的攻防、一對一的激烈戰鬥。輕易取勝沒有意義，面對其他冒險者團結一心也無法匹敵的魔物，唯有自己能夠打到勢均力敵，與之抗衡。這種興奮感簡直是無與倫比。

這正是冒險者平生的夙願。

迷宮「雲上古城」正如其名，是座童話風格的迷宮。

在純白的大片雲朵之上，矗立著與繪本中的龍十分相襯的城堡。

堡裡開始，每一扇窗戶都被網狀的精工石雕覆蓋，因此無法踏出城堡之外。

即便如此，充滿童心的冒險者還是前仆後繼地嘗試離開城堡，只為了試試在雲上走路是什麼感覺。

「差不多該抵達頭目了吧？」利瑟爾問。

「嗯。」

利瑟爾正與劫爾一起造訪這座迷宮。

伊雷文打從昨晚就不見人影，因此這次是他們兩人一起攻略，這在利瑟爾他們之間是常有的事。三個人湊不齊也沒關係，只要兩人結伴就能成行，儘管三個人、兩個人，甚至只有他自己一個人，也不以為意地享受迷宮之樂。唯獨劫爾，他們今天來到的是劫爾已經攻略到一半的迷宮。像他們從前造訪過的「湖中市集」便是如此，而且某些地形過於廣闊、機制過於複雜的迷宮，通關路程無論如何都會拉長，也就必須花費較多時間。

這座迷宮屬於後者，前進時需要解開的機關太多了。移動那邊的物件即可打開這一扇門扉，卻也會連帶關閉那一扇門扉，因此必須前往下一個物件……劫爾也盡可能努力過了，今天便趁早帶了利瑟爾過來。

劫爾算是能享受迷宮裡各種機關的樂趣，但難度一旦超過某個門檻，他立刻就嫌麻煩了，或許該說是「想快點抵達頭目」的欲望會強過那些樂趣吧。尤其現在學會了偷懶，更是如此。

「你知道這裡的頭目叫什麼名字嗎？」利瑟爾問。

「啊？」

「叫做『夢鄉綿綿帽』哦。」

配合這座迷宮的風格，名字也充滿童話風呢，利瑟爾有趣地笑著說道。不知那會是什麼樣的魔物，劫爾也邊想邊露出好戰的笑容。

劫爾挑戰這座迷宮前沒特別做任何研究，因此直到今天利瑟爾告訴他之前，他也完全沒發現自己行走的這座城堡建立在雲朵之上，可說是個沒有半點童話素養的人。

「你又在哪本書上讀到了？」

「是呀，是魔法學院的一本書，好像是從前的學者整理而成的資料。」

「別再整理這種莫名其妙的東西，快去研究魔法啊。」

「說不定是公會向他們提出了類似的委託呢。」

「喔⋯⋯」

確實也有這種可能，劫爾發出理解的聲音。

利瑟爾屢次跑到學院露面，但劫爾打從一開始的講習之後就沒去過了。不久前由於某驚人案件而被利瑟爾帶到異形支配者面前那次，是他私底下初次造訪魔法學院。

優雅貴族的休假指南。⑰

222

學院裡那些學者，全都以注視觀察對象般的眼神看著他。這不僅限於劫爾，學者對任何人都是這樣打量，所以其他人不太會察覺這點。唯有同為學者的同僚能理解那種眼神的意義，但也不會特地提起，畢竟他們彼此都視之為理所當然。

這實在讓人很不舒服，因此劫爾不太會主動靠近學院。

「還真虧你有辦法跟學院那些傢伙來往。」

「他們只是忠於自己的探究心而已，其實都是很親切的人哦。」

利瑟爾一邊走下通往半地下空間的階梯，毫不遲疑地露出微笑。意識到這笑容沒有半點弦外之音，劫爾無奈地撇開視線。利瑟爾不可能沒注意到他們那種眼神，卻不以為意地告訴他這沒什麼好在意。

利瑟爾已經太習慣被人論斤秤兩，習慣迫於情勢需要展現自己的價值，也習慣總有人出於好奇揭露他的底細。說是習慣，倒不如說這對他而言太理所當然，他根本沒想過要留意這種事吧。

「那些傢伙總是用看魔道具的眼神看人吧。」

「噢。」

最好的證據就是，利瑟爾聽見劫爾指出這點，才終於恍然大悟似的露出「原來你是說這個」的表情。

「對哦，你不喜歡那種事。」利瑟爾說。

「哪有人會喜歡啊。」

「也不是沒有。」

「那種人脈你還是早點斷一斷吧。」

「畢竟我打從一開始就被他們拿去做實驗了。」

「那次是為了測試對付魔物的魔道具呢。」

「他們只有第一發顧慮到測試對象是人。」

「因為你竟然會察覺到那種目光，讓我有點意外。」

「是你叫他們不用顧慮的。」

階梯往下走到底，兩人在一扇裝飾過多的門前停下腳步。

那是一扇感覺會出現在奢華神殿中的石製門扉，上頭有著精緻的雕刻，彷彿將繪畫作品直接轉印上去似的，內容大致是居住在雲朵上的人過著幸福快樂的日子云云。

利瑟爾眼中含笑地欣賞著那些雕刻，但劫爾對此不太感興趣。

他刻意增強了平常下意識對周遭的戒備，好打發時間。察覺自己內心沒有半分催促利瑟爾的想法，他一瞬間心想，該不會自己其實滿適合組隊行動的吧？

不過這也只是句玩笑話而已，因為他不打算和利瑟爾以外的人組隊。

「劫爾，沒想到你竟然會察覺到那種目光，讓我有點意外。」

那位沉穩地在迷宮裡鑑賞藝術作品的奇男子朝他看了過來，眼神中帶有幾分惡作劇意味。

「我沒想到那句話會讓學者們那麼激動。」

這男人早已養成了預測事態發展的習慣，學者們卻讓他始料未及，可見那些人的熱情確實超脫了常軌。但劫爾這麼說完全不是褒義，只是受不了到了極點，反而有那麼點佩服了。眼見利瑟爾結束了藝術鑑賞，準備開門，他越過那人的手掌，先一步推開了門。

隔著手套，能感覺門上傳來石塊冰冷的溫度。劫爾繼續往手掌上用力，門扉便伴隨著石頭摩擦的聲響，緩緩開啟。

「如果你真的那麼排斥，我就不會答應讓你去擔任魔道具的標靶了。」利瑟爾說。

「我知道。我也是因為不打算再去第二次，才點頭答應的。」

劫爾嗤笑著說道，沒把利瑟爾那句話放在心上。

透過這麼做，兩人達成和解。利瑟爾明明沒必要刻意說出口，也很清楚最後必然會演變成這種結果，卻還是把自己的想法說給他聽。出乎意料地，這位穩重得不像冒險者的冒險者，在自身情感並不包含實質情報的時候，也不吝於將它說出口。至於要將這點當作一種誠實，還是當作他有意鋪墊，好在真的有事想隱瞞時順利瞞天過海，恐怕要看接收者的性格扭曲程度而定了。劫爾認為，應該兩者兼有吧。

「啊，這裡是頭目了嗎？」

「似乎沒錯。」

門扉緩緩開啟，門後是個鳥籠般的空間，籠子是堆疊石塊打造而成。從石製的籠網之間能看見藍天，寬度恰好無法供人通行的縫隙間照進幾縷陽光。

那是個彷彿為了古城庭園打造的巨大鳥籠。

直到前一刻，他們一直都在室內活動，這空間因此感覺格外明亮。

循著利瑟爾手指的方向看去，在這空間正中央的地板上，有團巨大的白色毛球鎮座在那裡。

「牠看起來不像會飛的樣子哦。」

「⋯⋯」

「戰鬥時沒必要抬頭仰望的話，應該就好很多了吧。」利瑟爾露出溫煦的微笑這麼說道。雖然對他不太好意思，但劫爾實在不想相信面前那團東西就是頭目。

「像是一間溫室呢。」

「光會照到眼睛，打起來有點麻煩。」

「確實有點刺眼。不過，你看⋯⋯」

她長得有點像各種迷宮裡偶爾會看見的「愛美毛球」，但體型更圓滾滾，也沒看見愛美毛球身後長長的一撮毛。多半是完全不同的另一種魔物，但這種外型的魔物當中，很少看見劫爾追求的那種簡單粗暴的強敵。

他忍不住深有感慨地想，幸好今天帶了利瑟爾一起來。

「……所以呢，我們該怎麼辦？」劫爾問。

「牠一動也不動，我們靠過去看看吧。」

「那真的是生物嗎……」

「這裡確實也有可能是偽造的頭目關卡。」

如果是假關卡，那眼前這團巨大的毛球又是什麼？

劫爾在內心如此吐槽，但沒說出口。畢竟這裡是迷宮，再誇張的假設也無法斷言不可能。就算這只是團不具意義的大毛球，劫爾也不會感到驚訝，雖然真的很莫名其妙就是了。

「不過，畢竟頭目的名字都叫做『夢鄉綿綿帽』了。」利瑟爾說。

「看這外型，怪不得取了這種名字。」

「牠好大哦。」

「好像還在動。」

「會不會正如其名，牠正在睡覺？」

兩人接近到距離毛球三步遠的地方。

那毛球正好是與視線齊平的大小，呼吸似的緩緩膨脹，又緩緩縮小。

牠到底哪一側是頭，哪一側是尾？兩人討論著這個話題，繞著毛球走了一圈。

沒看見牠的頭，也沒看見眼睛、鼻子或屁股。一個疑問掠過腦海：該不會這不是動物，而是植物之類的東西吧？

「牠被砍了應該就會動了吧。」劫爾說。

「在你動手之前,我可以摸摸看嗎?」

「啊?……有異狀記得馬上退後。」

「好的。」

為了在出事時立即反應,劫爾站到了利瑟爾身後。

利瑟爾一臉眉開眼笑,或許是想起他養的寵物,那些白色蓬鬆的幸運雪花球吧。換言之,他出現輕微的思鄉症狀。劫爾很想叫他不要對著迷宮裡的頭目思念故鄉。

「啊,好柔軟哦,還有太陽的味道。」

「居然有頭目被你這樣摸還不會動。」

「我還是第一次見到這麼沒有敵意的頭目,說不定……」

「——喂。」

利瑟爾的身軀忽然軟倒下來。

劫爾趕緊一手拉住他的手臂,另一隻手被劍占據了。順著他拉動的力道,利瑟爾的後腦勺碰上他肩膀。劫爾保持著對頭目的戒備低頭一看,利瑟爾彷彿在強撐著像鉛一樣沉重的眼皮。

他試圖和那團謎之毛球拉開距離,卻立刻意識到自己不可能辦到。劫爾的身體也已經被抽去所有力氣,強烈的睡意緊接著襲來。他立刻擠出殘存的力量,握緊大劍,跟從重力將它揮下——

「劫爾⋯⋯」

短短一句話，他便停下了原本要刺向自己腳板的劍尖。彷彿完成了最後的職責似的，利瑟爾已然閉上雙眼。面臨無法抵抗的睡意，劫爾也咋舌一聲，停止反抗，軟綿綿的毛球接住了兩人傾倒的身體。在絨毛深處，他能感覺到一股暖意，這毛球果然還是活物吧。

「（我們不會就這樣被牠捕食⋯⋯）」

劫爾在即將被睡意全面籠罩的腦中如此想道。但既然利瑟爾要他任憑睡意擺佈，多半表示這麼做沒問題吧，他於是放棄了思考。抑制襲來的睡意實在令人不適。但另一方面，近在身邊的規律吐息聽起來卻又睡得那樣香甜。能在迷宮裡熟睡到這種地步，這傢伙膽子還真大——這是劫爾腦中最後一個想法。

睜開眼，他站在原本那座石製鳥籠當中，那團毛球不見蹤影。面對眼前的光景，劫爾立刻否定了自己的想法。說起來很不可思議，但他完全沒有現實感，想來自己應該是尚未醒來。換言之，這裡就是夢鄉。想到這裡，他搖醒一直抱在自己懷中的利瑟爾。

利瑟爾不是個貪睡到在夢裡也沉眠不醒的人，所以他們的差別應該在於是否抵抗睡意到最後一刻。這種感覺就像作夢作到一半，卻被人硬是搖醒。

「喂,快起來。」

「嗯⋯⋯」

利瑟爾的頭無力靠在他肩上,劫爾拍了拍那人的臉頰。要是就這樣在夢裡展開頭目戰,那劫爾倒也願意讓他再多睡點,但正因為他們身在夢境,現在必須掌握現況才行。也就是說,他懷裡這個人究竟是真正的利瑟爾,又或者只是空想中的產物?

根據這點,應對方針和策略都會隨之改變。

「⋯⋯抱歉,劫爾,謝謝你。」

「是的⋯⋯啊,不對。」

紫水晶般的眼眸完全睜開,立刻恢復了原本思慮周密的眼神。

「這是夢裡嗎?」利瑟爾問。

「應該不會錯。」

「隱約感覺得出來呢。」

眼前的情景,除了毛球消失以外,和他們墜入夢鄉之前完全沒變。無論是肌膚感覺到的空氣,還是陽光的溫度、腳下地面的硬度都別無二致。但就像劫爾察覺了異樣,利瑟爾肯定也察覺了這裡是夢境當中。其餘要確認的,就只剩下兩人是否能共享這個夢境了。

在迷宮裡，人們不需要懷疑這種事不可能辦到。

「那麼，我們就迅速確認一下對方是不是本人吧。」利瑟爾說。

「要舉出只有本人知道的情報？」

「是呀。不過沒辦法核對答案，因此我們就聊得深入一些吧。」

如果這裡是頭目準備的夢境，留給他們的時間想必不多了。

最好還是快點把該做的事做完，兩人於是心照不宣地展開確認。

「從你開始吧。」劫爾說。

「好的。」

劫爾催促道，要利瑟爾先示範該給出什麼樣的情報。

利瑟爾坦然點頭，只想了幾秒，便立刻微笑開口：

「你聽說過《N的詩集》這本書嗎？」

「沒聽過。」

「詩集裡描寫了遼闊優美的情景，以及入微的覺察，讀者將從這兩者的對比中讀出N的心境變化。」

明明該快點做完這件事，利瑟爾怎麼偏偏選了個饒口的主題？

看著利瑟爾說得眉飛色舞的模樣，劫爾暗自心想。不，理由不必想也知道。他選擇了劫爾絲毫不感興趣的詩集，這又是每個人解讀大不相同的主題，是為了證明自己的思路能獨立於劫爾存在吧。

劫爾從來沒讀過詩集這種東西，即使真的讀了，也只會有「能不能一句話說完」這種感想。這麼想來，利瑟爾這主題確實選得很妙。不過，儘管明白這點，他還是覺得利瑟爾選擇的題材太為自己的興趣服務了。

『遼闊蒼穹盡頭，飛鳥翱翔，如果我能夠擁有那翅翼上的一片羽毛』——在這段詩句之後，作者緊接著描寫了N的——」

「夠了。」

他可沒那種情調，聽人深掘一個陌生詩人有什麼心境轉折。

眼見利瑟爾滔滔不絕地聊起這本詩集，劫爾明白他眼前這位就是本人無誤。說到一半被劫爾制止時，那副略顯惋惜的神情也極為神似，但如今已經沒有懷疑的必要了。

「劫爾，接下來輪到你了。」

「嗯⋯⋯」

他有辦法像某群學者那樣，讓利瑟爾意想不到嗎？

但再怎麼多想也沒用。這一次輪到利瑟爾做出判斷，只要他隨便多說點話，利瑟爾會自己找出答案吧。參考利瑟爾剛才的方向，他也想到了幾個多半有效的主題能聊。

首先，劫爾決定用最單純的方法，從他自我認知的矛盾下手。

「你到這裡來的前一刻，還睡得一副不想醒來的樣子。」

「奇怪，我應該在拚命抵擋睡意才對呀。」

利瑟爾一臉不可思議，不過還是接受了這個事實。平常就算了，但剛才可是頭一發命中。

目戰近在眼前的狀況。利瑟爾也明白，劫爾從不會為了開玩笑說出假情報，因此確信了實情和自己的記憶有所出入。

「無法抵抗的睡意、共享夢境，這兩者應該都是迷宮的招數沒錯。」利瑟爾說。

「是不是頭目的招數，還說不準？」

「從時間點看來應該不會錯，但我們在這裡沒看見任何類似的毛球呢。」

「說那東西是頭目，感覺也有點奇怪。」

「看起來很像愛美毛球的首領呢。」

「饒了我吧。」

假如那真的是愛美毛球的首領，那他們該怎麼辦才好？

如果滿足了魔物的要求（把牠的長毛編成辮子），牠會留下獎賞，但毛球本體會逃跑。如果不編辮子，作勢攻擊，牠會以異樣的速度逃跑；刻意編出醜辮子，牠也會以不可小覷的威力自爆。那種尺寸的毛球要是真的大爆炸，他們也難以全身而退。

劫爾把他從前曾經劈開精靈之王、自爆風壓的事完全擱置不提。

那次他只是情急之下嘗試揮劍，碰巧成功了而已，並不是刻意讓牠爆炸的，所以不算。

穩やか貴族の休暇のすすめ。下

233

「既然是夢境，不能和喜歡的頭目戰鬥呢？」利瑟爾說。

劫爾一聽心想，這倒是不錯。

「也對，如果只要求我們跟毛球戰鬥，也沒必要讓我們睡著。」劫爾說。

「劫爾，你想和什麼樣的對手戰鬥呀？我對頭目沒什麼特別的想法。」

「什麼樣的……」

他嘗試回想過去曾經交手過的魔物。

最令他情緒激昂的，是與龍搏鬥的時候。但在這封閉的空間裡和龍作戰，恐怕無法盡情施展身手。說到龍，在撒路思這裡也見過一次。那是迷宮裡的魔物，和真正的龍族並不相同，是隻乍看並不像龍，習性也十分奇妙的龍。

那就是「湖中市集」的頭目。

從外型看來，牠就像隻直起身就能擋住太陽的巨大食籽蟲——但牠應該是龍吧。牠在那片一望無際的沙海中泅泳，捲起沙塵，從沙地裡一躍而出。要是沒看見牠那像沙塵暴般的龍息，劫爾應該也不會發現牠其實是龍。

當時伊雷文想隨手和頭目打個一場，所以他們是兩人聯手戰鬥。不過與其說是聯手，他們更像是兩個人各打各的。

「……」

「劫爾？」

有股不祥的預感，劫爾停止思考。

感覺有些異樣，彷彿空氣更沉重了幾分。怎麼了嗎？利瑟爾在一旁窺望他的臉色，他於是站到那人身側。

「有什麼東西嗎？」利瑟爾問。

「嗯。」

「異樣感來自下方。」

「要來了。」

下一瞬間，地面彷彿發出震耳欲聾的聲響炸開。

某種東西竄出地面，衝力強勁得讓人產生地面爆炸的錯覺。石板地面震成碎片，被掀到半空，細碎的殘片遮擋住視野。睜大眼睛抬頭仰望，眼前是個長滿了數百、數千枚尖牙的暗紅色洞穴。

那是隻巨大的蠕蟲，而那洞穴便是牠宛如異形的口腔。劫爾拉著利瑟爾的手臂躍向後方，仰望著那巨蟲，語調平靜地說：

「湖中市集的頭目，攻擊方式是突進和橫掃，遠距離時使出龍息。」

「那麼，牠可能是變種的龍嗎？外觀看起來好像食籽蟲的首領哦。」

「那傢伙也這麼說。」

「你說伊雷文嗎？」

兩人說著，又退了幾公尺。

那龐大身軀在他們眼前鑽進地面。利瑟爾以一如尋常的站姿目送牠下潛，而劫

穩やか貴族の休暇のすすめ。⑮

235

爾側眼打量著他的神情。面對空中飛舞的沙塵，那雙紫水晶般的眼眸仍然眨也不眨，這是他正仔細觀察對手的證據。

即便在石材打造的地面上，蠕蟲仍然潛入了地底下。

劫爾簡要地提示道，利瑟爾便全盤理解了這句忠告背後的意思，立刻點頭。

蠕蟲會藉由地面振動感知敵人。

「我知道了。」

「不要走動。」劫爾說。

到了這時候，他才終於放開利瑟爾的手臂。龜裂的石板地上，已經被挖開一個大洞。

「原來你想跟蠕蟲戰鬥嗎？」利瑟爾問。

「不是，只是剛好想起牠。」

「這表示你能夠清晰想像出牠的模樣嗎？真不愧是你，對魔物瞭若指掌。」

「畢竟最近才剛交手過。」

記憶猶新，能鮮明地回想起當時的情景。

尤其劫爾面對這條蠕蟲的時候，可嘗過不少苦頭。光是沙漠環境就讓劫爾難以接受，抵達頭目之前還必須在沙漠裡來回走上無數次。最關鍵的頭目動輒就捲起沙塵，砍傷牠還會噴出體液，面對這種對手還被迫打消耗戰，在負面意義上令劫爾印象深刻。

他甚至知道牠體液的味道。不是比喻，他嘴裡真的嘗到嚼食苦蟲般的苦味。

「總之，我們下一步先打倒那個頭目吧。」利瑟爾說。

「嗯。」

「你們先前是怎麼打倒牠的？」

「猛砍就對了，看誰先倒。」

原來如此，利瑟爾點頭。

劫爾剛才便說過那次頭目是他和伊雷文一起打的了，背後的情報利瑟爾都能自行聯想。無論是頭目的耐力驚人，還是斬擊對牠無法造成致命傷，甚至是伊雷文的毒對牠無效，這一切利瑟爾都能舉一反三。

因此，劫爾將作戰計畫交由隊長擬定，低頭看向傳來些微震動的地面。頭目再怎麼移動，都不曾超出石製鳥籠的圓形底面。石網應該沒有延伸到地底下才對，但可以推論頭目多半無法離開鳥籠的範圍。

別問為什麼，因為這就是任性，誰都拿它沒辦法。

「劫爾，你在夢裡打鬥過嗎？」

「啊？」

利瑟爾忽然看向這裡。

總覺得那眼神有些樂在其中，眼尾暗含笑意。肯定又在想些奇怪的事了，劫爾嘆了口氣說：

「我沒進過『渡夢迷宮』。」

「我不是那個意思。」利瑟爾有趣地笑起來，臉頰的線條也柔和了幾分。「我知道，」劫爾撇嘴笑道：「每個冒險者都有過這種經驗吧。」

「說得也是，我也有過。」

「哦？是什麼樣的戰鬥？」

「大部分都是當天戰鬥的檢討會。」

劫爾從來不曾覺得他需要開什麼檢討會。

他微微加深了眉間的皺摺，不過他也不是會在現實中亂來的莽撞之人，那點劫爾也不是不能理解。

「只不過，在夢裡不是能按照自己的願望行動嗎？」利瑟爾說。

「他在夢裡愛怎麼戰鬥都可以，反正他也不會在現實中亂來的莽撞之人，那點劫爾也不是不能理解。

「所以我認為，在這裡應該也可以。」利瑟爾繼續說道。

「我記得。」

「我想⋯⋯啊，對了，先前我不是提到過騎在龍背上的事情嗎？」

「啊？」

那正是「渡夢迷宮」時發生的事。

雖說渡夢迷宮位在夢裡，但既然有人通關，就應該給予報酬——儘管不知道

是否出於這種理由，但利瑟爾告訴他們，通關之後幾天，他都作了很好的夢。其中一個便是坐在龍背上翱翔天空的夢，不知該說是浪漫還是充滿童話夢幻風格。

「參考那個夢，不知道能不能把龍召喚到這裡，變成我們的伙伴？」

「要是我跟牠打起來怎麼辦？」

「那請你忍耐一下。」

地鳴聲逐漸增強。

劫爾一把抱起默默陷入沉思的利瑟爾，跳到鳥籠邊緣。

地底下響起一陣雷鳴般撼動臟腑的巨響，蠕蟲巨大的身軀在鳥籠中向上竄升，遮擋了眩目的陽光，將兩人遮擋在牠龐大的影子底下。若不是現在這種情況，有了遮蔭應該很舒服才對。

蠕蟲的身軀太過龐大，因此緩緩落下般橫倒在地上，緊接著扭動著身體，準備轉向這裡，或許是準備發動牠勢如怒濤的突進了。這裡不像上次交手那樣設有石柱，無法先將牠壓在石柱底下再朝牠揮劍。如果讓牠衝上鳥籠邊緣牢不可破的石網，或許還有機會。

劫爾邊想邊探問利瑟爾的進度。

「如何？」

「我不太清楚龍的體內構造……為了吐出龍息，牠必須擁有強大的肺功能，所以應該像這樣……」

看來是不行。

思考事情時不懂得敷衍了事的人就會變成這樣,真是個完美的示範。利瑟爾想必也知道這點,但一旦開始思考還是停不下來,所以遲遲無法完成構思。

假如真的需要構思得那麼仔細,眼前這隻頭目根本就不可能出現。

還真傷腦筋,劫爾感到幾分同情。

「雖然說這是夢裡,但你們想駕馭龍的這種想法實在令小生無法苟同。」

有什麼東西跑出來了。

中性的外表,高眺瘦削的身材,稍微有些磨損的白袍——那是位白髮之中摻雜羽毛的鳥族獸人。

「無論要駕馭牠,還是與牠平起平坐,溝通都必須以共享價值觀為前提。你們認為,龍有可能以和人同樣的眼光看待世界嗎?牠們甚至被稱為一種環境,小生認為,人類能夠與之平起平坐的機率實在不高。」

「喂,有什麼東西從你腦子裡漏出來了。」劫爾說。

「抱歉,我不是故意的。」

眼前的女子正是魔物研究家,是個單方面對龍族過於強烈的偏愛,深深刻在了兩人的記憶當中。

她對於魔物、尤其是對於龍族投注熱愛的奇人。

劫爾也不希望自己腦中被刻下這種東西,但她被風壓吹走的同時,還不忘追求龍族的身影實在太令人印象深刻了。

與其說是她本人現身，應該說是利瑟爾想像中的魔物研究家出現在了此地。重現度過高，讓劫爾有點退避三舍。

「小生十分理解你們想騎乘在龍背上的心情，如果可以如願，小生當然也會欣然坐上牠們的背。可是！你們內心一角肯定覺得，即使在夢中也不想見到牠們對人類卑躬屈膝的模樣吧？！」

「這傢伙在你心目中到底是什麼角色……」

「你不覺得她很可能說出這種話嗎？」

「是沒錯。」

「不，這確實是一種浪漫，小生必須承認。小生並不是沒有想像過自己騎乘在龍背上的模樣……但是，龍可是唯一而絕對的存在！牠們不同於我們這些衣、食、住無一不需仰賴他者的人類，當然，小生並不是將這種猜想強制套用在龍族身上，近年的研究已經指出這是不爭的事實……」

「啊。」

「嗯？」

龐然大物從魔物研究家後方猛然逼近。

利瑟爾注意到這件事而輕呼出聲，研究家似乎聽得見他的聲音似的，回頭向自己背後看去。

「蠕蟲、不對，居然是龍……！」

魔物研究家說著，整個人被那條巨蟲撞飛，消失不見時臉上還帶著滿面的笑容。

劫爾抱著利瑟爾躍起時目擊了這一幕，他寧可不要看見。

下一秒，蠕蟲便撞上了石網。該說不愧是迷宮嗎，那石網只略微震動，並未崩毀。劫爾抓著石網，懸掛在蠕蟲的正上方，俯視著原地掙扎的蠕蟲。

「研究家小姐看起來很幸福呢。」利瑟爾說。

「她在現實中應該沒死吧。」

「別擔心。我剛才展開了護盾，但沒有護盾被擊中的手感。」

利瑟爾似乎周到地展開了魔力護盾，保護魔物研究家。沒有手感就表示她沒事嗎？劫爾無法理解，但既然利瑟爾說沒有問題，那多半不會有錯。魔法師自有獨特的感受，對於魔法師以外的人來說都難以理解，這已經是冒險者之間的共識了。

「只是很可惜，看來我還是沒辦法想像出龍。」

「我想也是。」

「你居然還試了其他人？」

「伊雷文和另一個世界的朋友們也都出不來。」

「就算不會對本人造成影響，沒在睡覺的人好像也無法召喚過來助陣呢。」

考量到現在是大中午，感覺希望渺茫。

那麼，為什麼魔物研究家能被召喚、不對，是擅自冒出來？她恐怕正過著晝夜

顛倒的生活吧，劫爾抱持著對學者嚴重的獨斷與偏見做出這個結論。

「自我強化類不知道能不能成功。」利瑟爾說。

「你是說強化魔法？」

「不是，而是跳躍能力大幅上升之類的，夢裡常見的那種效果。」

「你那只會重蹈龍的覆轍吧。」

利瑟爾好像無論如何都想活用夢境的特性。

那頭龐然大物就在他們腳下，能看見牠表皮上奇妙的光澤。蠕蟲那張能輕易將人碎成肉塊的嘴巴在石網上摩擦，蠢動的模樣令人毛骨悚然。在這種狀況下，利瑟爾還能享受試錯的樂趣，是出於他對劫爾絕對的信賴吧。

劫爾求之不得。他對自己的本領有所自負，不討厭這種信任。

「所以，劫爾，就由你來試試吧。」

「啊？」

「比方說，瞬間繞到魔物背後之類的呀。」

「很不巧，劫爾就算在夢裡也沒做過這種事。」

「還有揮出劍氣衝擊波，將對手一刀兩斷之類的。」

「要是看過類似的迷宮品還有可能，但劫爾從來沒見過類似的東西。」

「還有輕易擋下那種魔物的突進之類的。」

這他倒是有點頭緒。

劫爾從來不曾靠著那種夢境滿足自尊心,因此對這種事沒什麼嚮往,這樣還能辦得到嗎?他下意識加深了眉心的皺摺,不過還是放開了抓握著石網的手,他直接踩上蠕蟲蠢動的身軀,在牠身旁落地,那巨大的身體因此劇烈起伏波動。

「我說不定也能像陛下一樣,絲毫不顧反作用力地連續開槍。」

「別吧,小心肩膀脫臼。」

劫爾勸道,和利瑟爾一起稍微與頭目拉開距離。

側眼看著一旁開始架起魔銃的利瑟爾,劫爾也舉起大劍。假如想像力能發揮作用,他或許能召喚出他至今慣用的每一把劍,但非常不巧,現在他手上這把大劍是其中性能最優異的一把,看來是無法發揮夢境的優勢了。

「劫爾,要來囉。」

「你記得躲開。」

「好的。」

蠕蟲暗紅色的口腔朝向了這裡。

「你也可以趁牠朝你突進的時候,借勢將牠整條劈成兩半哦。」

「那樣奇怪的汁液會噴得我滿身都是吧。」

「牠的體液看起來確實滿多的。」

那條龐然巨物無須助跑,便一瞬間迫近到眼前。

劫爾握緊大劍，架在眼前，等待牠進攻。光看就覺得牠嘴巴的直徑大得驚人。這到底該從哪裡、用什麼方式擋下才好？揮劍將牠彈開可以嗎？不對，雙方體型差距太大，這麼做肯定拚不贏牠。但說到底，這次本來就是為了實驗在夢中是否能辦到這種事啊。

那把劍變大就行了嗎？尺寸變大之後，重心要怎麼調整？而且這把劍可是迷宮品，隨便調整它應該會出事吧。如果改用在撒路思看見的那把超長的劍⋯⋯不對，那把劍強度不足，三兩下就會折斷。

所以說這本來就是在夢裡，不用在意那種細節，劫爾如此告訴自己。

「⋯⋯」

劫爾還是躲開了。

對兵器的深入瞭解、豐富的戰鬥經驗所賦予他的預測能力，在這裡徹底發揮了反效果。他完全沒有任何資格說利瑟爾。和他錯身而過的蠕蟲並未放慢速度，便再次潛入地底下去了。

「雖說是夢，但感覺實在太真實了。」劫爾說。

「我也覺得。」

明明沒人問，兩人卻各自找著藉口。

誰叫他們實在對於在夢中也無法自由作夢的自己頗有感慨呢。

「說起來，這或許只是個可以和喜歡的頭目戰鬥的夢而已呢。」

「在夢裡也拿不到素材。」劫爾說。

「但你還是會很高興吧？」

「是啊。」

劫爾也不清楚有多少冒險者會將這視為優點，但至少對劫爾而言，這座迷宮這樣就足夠吸引人了。雖然轉得有些強硬，他還是抱持著正向的心態轉換了討伐方針。既然正常作戰就能打倒牠，那正常作戰不就好了。

如果利瑟爾樂在其中，劫爾還是滿願意積極配合的，但原則上還是正面對決最符合他的性格。身為一個對失敗不太耿耿於懷的男人，劫爾不帶多少惋惜地放棄了身在夢境的優勢。

利瑟爾一副有點可惜的樣子，劫爾對他寄予幾分同情。

「你能阻止牠下潛嗎？」劫爾問。

「可以。那麼，從牠下次發動攻勢開始，我就專注在這點上哦。需要用土牆阻擋牠的突進攻擊嗎？」

「誘導牠就行了，不用阻擋。牠撞上鳥籠邊緣，自然會停止活動。」

「好。」

劫爾從不會對利瑟爾下詳細的指令。因為沒有必要。此時此刻，利瑟爾也一邊點頭，一邊以魔法填滿了地面上被蠕

蟲挖出的大洞。面對一個細心到這種程度的人，到底有什麼必要指手畫腳地叫他做這做那？

只因為活動不方便，就特地費心把頭目挖出來的地洞填平……劫爾從來不曾有過這種想法，恐怕任何冒險者都不會起這種念頭吧。光看行動或許有點滑稽，但利瑟爾這種辦事周到的特質，對於作戰效率非常有益。

「強化魔法呢？」利瑟爾問。

「放吧。」

「嗯，還真難得。」

「畢竟和牠交手第二次了。」

散落在地面的礫石開始微微跳動。

兇暴的魔物正潛伏在地底，虎視眈眈地瞄準了他們兩人。

「要上了。」劫爾說。

「好的。」

就這樣，劫爾將靴底使勁往地面上一蹬。

比方說，這是艾恩的夢。

每個冒險者，必然都夢見過自己一騎當千的模樣。

比方說，頭目（超大的龍之類的）就近在眼前，你手上握著值得信任的武器

（超級爆炸強的武器之類的），一揮舞它（伴隨著武器上環繞的火焰或風壓），鮮血便從那頭強大魔物的身上噴湧而出。你在千鈞一髮之際躲過對方的攻擊（故意的，因為這樣看起來比較經驗豐富）。肌膚上流下一道血痕。

你在地面上疾奔，蹬地一步直逼對手（一步瞬身就是浪漫），劃破空氣的劍尖能輕易劈開魔物強韌的肌骨（像那個人稱最強冒險者的男人一樣）。那是現實中不可能執行的動作（可是在夢裡肯定可以）、不可能出現的武器性能（在夢裡肯定能發出衝擊波），但夢境能顛覆所有常識，一切都能實現（所以也能從手上一發接一發使出超強魔法）。

一進一退的攻防（高階冒險者的走位太爽了）、一對一的激烈戰鬥（伙伴都被拋到九霄雲外）。輕易取勝沒有意義（打起來太輕鬆也很無聊），面對其他冒險者團結一心也無法匹敵的魔物，唯有自己能夠打到勢均力敵，與之抗衡（但其實也沒看過其他冒險者在跟牠苦戰的樣子）。

這種興奮感簡直是無與倫比（我天下無敵）。

本來應該是這樣才對。

但利瑟爾他們實在過於現實主義，最後只憑藉自己平常的實力完成了頭目討伐，獲得了不知是報酬還是素材的「最高級軟綿綿枕頭」。

順帶一提，直到最後，白色毛球仍然是顆謎樣的白色毛球。

## 海賊船出現時各國的應對方式

## CASE1：王都帕魯特達

艾恩他們今天也頂著殘存前一晚醉意的腦袋醒來。

如果是嚴重到起不來的宿醉另當別論，這點程度的話只是家常便飯。像所有冒險者一樣，他們理所當然地從堅硬的床板上坐起身來，準備去接委託。

能睡懶覺的話他們當然還想再睡，甚至不確定今晚能不能喝到酒。去跟旅店主人下跪賒帳、延長住宿時限的想法一瞬間掠過腦海，但這方法他們已經執行過兩次，故技重施只會直接被撐出去吧。還是別胡思亂想，安分動身比較好。

他們不情不願地整裝出發，前往公會。

抵達公會，他們慢慢推開大門。

「啊──好想睡……嗯？」

「怎麼都沒人啊？」

往裡面看一眼，他們就發現不太尋常。就連平常總是擠滿冒險者的委託告示板前方也空空蕩蕩，公會大廳裡安靜得出奇，只有幾名公會職員在場，但所有人都散發著放棄了什麼似的氛圍。

那些人一看見艾恩他們，便全都露出五味雜陳、似笑非笑的表情。

「我們有睡過頭那麼久嗎？」

「嗯，是有一點睡過頭啦。」

「可是也不至於差這麼多吧？」

「啊？這不是完全沒有減少嗎？」

「是不是相反啊，其實我們起得超級早？」

「鐵定是。」

在王都，每隔一段時間便會響起報時的鐘聲，但鮮少有人會有意識地遵循鐘聲生活。

當然，艾恩他們也根本不記得上次鐘響是多久以前、又響了幾次。因此他們十足樂觀地理解現在的狀況，開始意氣風發地挑起委託來。毫無根據的自信是年輕的證明。

這些委託平常總是得和其他人彼此推擠、高聲怒罵、爭搶得臉紅脖子粗，今天居然任憑他們挑選。四人樂得好像能在酒窖裡隨便挑酒來喝一樣興奮，興高采烈地選起委託來。

「那個不錯吧，那個！報酬也很好！」

「絕對是這個比較好啦，只要狩獵一些弱小魔物就行了！」

面對這奇妙的光景，艾恩他們也壓低了聲音說話。

但平常已經養成了習慣，四人的腳步很自然地朝著委託告示板走去。

穩やか貴族の休暇のすすめ。⑰

251

「隨便選——全部隨便選！太爽啦！」

原來光是能自由挑委託，就能讓冒險者興奮成這樣啊，公會職員在一旁守望的視線也顯得有點傻眼。在這樣的目光當中，艾恩他們以不輸建國慶典的亢奮情緒精挑細選出一個委託，將那張委託單高舉到頭頂上揮舞，歡呼著走向委託櫃檯。

「嘿嘿嘿——！接委託！」

「辦～手續！辦～手續！」

「艾恩老兄，你們還真有精神……」

面對樂得快跳起舞來的四名冒險者，公會職員臉上仍然帶著似笑非笑的表情，低頭看向委託單。

「那個……哎，幫你們辦手續也不是不行……但你們確定？」

「喂喂，搞什麼搞什麼——！」

「幹嘛這樣裝神弄鬼啦，很會演喔！」

「不是啦，你們要是願意接委託，我們會很感激哦？雖然是很感激啦，但該怎麼說呢，還是先跟你們確認一下……」

看見職員說得吞吞吐吐，艾恩他們也只覺得「這人講話好奇怪喔」，完全沒放在心上。

他們實在是太興奮了，在這種興奮之前，所有事情都顯得無關緊要。現在的他們甚至敢主動去找劫爾擊掌吧，雖然劫爾肯定不會回應。

看見艾恩他們這副模樣,職員突然趴到桌上,然後像做出什麼艱難決定似的猛然抬起頭來。其他公會職員見狀,七嘴八舌地說「哎呀」、「他承受不住了」,而那位職員感嘆著自己內心的軟弱開了口:

「我只告訴你們一件事!」

艾恩等人終於側耳傾聽他更顯悲痛的聲音。

「⋯⋯海賊船現在已經出現了。」

「在哪?!」

「中心街的水路。」

職員目送著艾恩他們衝出公會大門。

櫃檯上只留下一張被丟在原地的委託單。職員垂下肩膀,拿著那張單子站起身來,像這樣將沒人要的委託單重新貼回告示板上,也數不清是第幾次了。

「嗚、嗚,委託都消化不掉⋯⋯」

「這也是沒辦法的事。」

「艾恩他們有點睡過頭了呢。」

「今天清晨,就在短短十分鐘前。」

公會大廳裡擠滿了冒險者,但就在海賊船出現的消息一傳進公會的瞬間,眾人

穩やか貴族の休暇のすすめ。

253

便以怒濤之勢衝出了公會。職員回想起那一幕,思考著因為人潮太過洶湧而被撞壞的公會大門究竟該向誰索取賠償。公會職員永遠都有數不盡的煩惱。

「那些傢伙沒在中心街前面惹出什麼問題吧。」

「別擔心,我請史塔德去監督了。」

看見冒險者像一大群野牛般衝出門外,王都公會綠葉叢中一點紅的公會長妹妹,立刻點名史塔德說「就麻煩你監督他們了」。此刻,還想不顧危險撞飛一般民眾的冒險者,應該已經反過來被史塔德制伏在地了。

剛才是憲兵捎來海賊船出現的消息,現場應該也配置了兵力管控情況才對。只是由於出現地點距離中心街相當近,感覺有可能驚動到騎士,這方面讓人有些擔憂。

「哎,不過就算出了什麼事,公會長應該也會想辦法吧⋯⋯」

職員重新貼好委託單,望著那些貼得密密麻麻的單子,再次垂下肩膀。

時間往前回溯,來到清晨。

水路裡有東西漂浮在水上的傳聞,傳入了一位憲兵長的耳中。一大清早匆忙結束巡邏之後,有孩童們跑過來這麼告訴他。是有人把東西掉進水路裡去了嗎?如果是這樣,得趕快撿起來尋找失主才行。

憲兵長這麼想著,被幾個不知為何興奮得又叫又跳的孩童拉著手抵達水路邊,

映入眼簾的卻是……

「這……」

根本不是什麼東西掉進去了那麼簡單。

水路上赫然漂浮著一艘威風凜凜的海賊船。好帥喔、好帥喔！孩童們高興得跳上跳下，憲兵長站在那些孩子之間，仰望那根有雙手環抱那麼粗的桅杆。儘管憲兵長沒見過大海，但眼前這艘海賊船的構造總給他一種奇妙的突兀感。

感覺它好像應該再大一點才對，不然太奇怪了。

船上的甲板確實足以供人站立，圍欄也低得能直接跨越。但甲板上那扇門扉的尺寸卻有點尷尬，成年人必須彎腰才進得去。桅杆頂上的瞭望臺，看起來就像是給小孩子使用的一樣。但整艘船又打造得太過精細逼真，更增添了幾分異樣感。就像是為了配合水路的寬度，而將巨大的帆船等比例縮小了一樣。

「要上船嗎?!要上船嗎?!」

「我們可以搭船嗎?!」

「我們沒有要上船。好了，小朋友，不可以靠得太近。」

憲兵長出言安撫興奮過頭的孩童們。環顧周遭，跑來圍觀的群眾也越來越多了。

「哎呀，上次不曉得是幾年前了？」

在人群當中，也有些人望著那艘船，感慨地說著「好久沒看見它了」。

「這次好像比上一次更大艘一點？」

「憲兵先生，這些小朋友有我們看著，不用擔心。你還要趕到公會去吧？」

恭敬不如從命，憲兵長感恩地離開了。

對於眼前這艘奇妙的海賊船，他心裡也有點頭緒。這是他第一次親眼看見它，所以剛才他不禁看得有點出神，但他確實記得剛當上憲兵時，前輩曾跟他交接過這件事。

說是領地內偶爾會有海賊船忽然出現，那是一座迷宮，所以確保周遭安全之後，記得要立刻通知冒險者公會。

當初他還以為前輩在開玩笑，沒想到有朝一日真的能親眼目睹這種情景。

「（海賊船啊……）」

憲兵長快步往前走，這是他內心沉眠的童心隱約抬頭的瞬間。

現在，各式各樣的人都在水路前面大集合。

這就是傳聞中的海賊船嗎？看熱鬧的群眾紛紛圍在水路旁邊，成群的冒險者則是以怒濤之勢狂奔過來，氣喘吁吁地趕到了現場。在他們身後，追趕他們的憲兵長則喘著粗氣匆匆追趕。憲兵長之所以喘成這樣，是因為他一直對那群不看路就瘋狂往前衝的冒險者怒吼：「不要奔跑！用走的！」

史塔德也在場，負責將任何即將撞到人的冒險者瞬間擊倒在地，消除了憲兵長的擔憂，卻也重新種下了另一種擔憂。

拜此所賜，周遭民眾並未遭受任何危害，但一路上一直看到冒險者零零星星倒在路邊，憲兵長內心實在不太平靜，只能祈禱巡邏的憲兵將他們抬走了。

憲兵長在前往冒險者公會之前，先繞到了維護安全的憲兵的值勤據點請求支援。因此，海賊船周遭已經有憲兵守在這裡維護安全，偶爾有小朋友想衝上去，也會平安被憲兵攔下。在一旁，則是有許多冒險者像小孩子一樣朝著海賊船衝過去，不顧憲兵「別這樣很危險」的怒吼聲，直接往海賊船上跳。

「不是說過了嗎，我們會拿木板來搭橋，就叫你們等一下了！」

「太慢啦，哪有時間等你們搭那什麼橋！」

「都不知道有多少冒險者已經進去了！」

憲兵的怒吼聲對他們來說都司空見慣。哪有空聽你們大呼小叫，冒險者們笑著跳上船去。

陸地和甲板之間還隔著一段水面，他們從容不迫地跳過去確實很厲害，但到底為什麼等不及搭橋呢？憲兵長大概聽得出冒險者們有著必須趕時間的理由，但假如有辦法安全渡水，肯定還是該選安全的方法比較好啊。

憲兵長按著發疼的頭，走到站在水路旁的史塔德身邊，問：

「你不去制止他們嗎？」

「為什麼？」

「不是，這樣跳很危險啊，萬一掉下去……」

「那也是他們自作自受。」

「這樣啊……不對,萬一小朋友有樣學樣,你們不是也很困擾嗎?」

「如果想進行這方面的教育,讓小孩看看冒險者掉進水裡的樣子還比較快速有效吧。」

憲兵長真想叫他不要把心理陰影包裝成教訓深植到孩子們心裡。

到了這時候,兩名憲兵終於將搭橋用的木材搬運過來。但儘管搭好了橋,最後也只有一位重度懼高症的冒險者連站在木板上都辦不到,嘴裡邊嚷嚷著「我要回家」,邊被他的隊友們拖上了海賊船。

但一踏上海賊船,他就恢復得像沒事一樣,心臟還真大顆。擠在甲板上的冒險者們彎下身子,一個接一個鑽進了通往船內的門扉。這完全無視於船艙容量的情景看上去非常奇妙。

等到冒險者們大多上了船之後,史塔德看向憲兵長,說:

「謝謝你。」

「不會。感覺你們幾乎不需要幫忙,只是我們擅自出手而已。」

史塔德的致謝聽起來非常公事公辦。

但憲兵長並不介意,只是點了點頭。從憲兵的立場,他們也不能放任魔物肆虐。在迷宮消失之前,憲兵方面都會保持嚴密戒備狀態。既然如此,還是盡可能與冒險者公會互助合作為上,這是憲兵之間的共識。

「憲兵這邊希望能與你們公會長討論一下應對方針。」

「晚點我會叫公會長過去,請告訴我地點與時間就好。」史塔德說。

「啊,那我先跟我們總長商量一下。決定之後我會再到公會告知,還有──」

話說到這裡,圍觀群眾之間忽然一陣騷動。

吵鬧聲偏高亢,憲兵長隱約猜到了騷動的原因,不過仍然循著周遭的視線看去。眾人目光匯聚之處,在區隔中心街與外圍城區的水路上有一座橋,兩名騎士正好在那橋上現身。

這裡地點較為敏感,憲兵長也猜到可能會見到騎士,不過騎士出面處理冒險者相關的事務總讓人覺得有點突兀。這麼說不太好,但感覺就像薔薇混在一大片雜草裡一樣。

他對上騎士的視線,行了一禮,對方也回以優美的敬禮。

「騎士啊……幸好他們在冒險者走光了之後才出現。那些傢伙很討厭騎士吧?」

「是的,討厭到會特地擋在路過的騎士面前,瞪著對方挑釁的程度。」

還真虧他們敢做出這種事,憲兵長聽了反而有點佩服了。

這麼說起來,騎士原本就屬於貴族階級,他們到底是哪來的勇氣敢跟那種人作對啊?

不過相關的爭端不曾傳入憲兵長的耳中,可見沒造成什麼嚴重問題。由此可窺見騎士的心胸多麼寬大。

不對,之所以沒造成問題,一方面可能也要歸功於公會職員不懈的努力吧。

「為什麼冒險者這麼討厭騎士?我從來沒遇過個性惡劣的騎士啊。」憲兵長問史塔德。

「統整一下冒險者的藉口,他們說『我們本來就討厭受歡迎的傢伙』。」

「更具體地問下去,他們會說『隨便就能受女生歡迎的傢伙看了就讓人不爽』。」

「又不是小孩子。」

「不要遷怒啊⋯⋯」

「我會轉達的。」

史塔德多半也只是為了在發生問題時加以應對才留在這裡而已。不知他是閒著沒事,還是認為這也包含在業務範圍之內,只要憲兵長問話,他就會極度淡漠地回答。憲兵長覺得自己好像在紙上閱讀冒險者相關的常見問答。兩人就這麼斷斷續續地聊了幾句,望著甲板上的冒險者逐漸減少。

過了一陣子,等到甲板上最後一個人消失之後,大概又過了十分鐘左右。

「啊——!你們看,都已經沒有人了啦‼」

「可是迷宮還沒有被通關嘛!」

「早上才剛出現，不可能早上就有人通關吧。」

「就算是劫爾大哥也不可能。」

「不對，真的不可能嗎……？」

「不可能啦……大概……」

一組四人隊伍的冒險者急急忙忙衝了過來，但跑到海賊船旁邊又立刻失去了幹勁。

那四人組腳步匆匆地趕來，卻停在海賊船旁邊嚴肅地商量了起來。這樣沒關係嗎？憲兵長看向站在一旁的史塔德，但他似乎對那些冒險者不感興趣，自顧自寫著海賊船的出現紀錄。

「但是，如果有利瑟爾大哥在的話，劫爾大哥應該也不會一下子就通關吧？」

「萬一他自己一個人進去怎麼辦？」

「那就……也對啦……」

「喂，你們如果要上船，記得走木板橋過去。」

「啊？」

「好啦好啦——」

一名正在勸導居民不要靠近海賊船的憲兵這麼提醒他們，但他們回得很隨便，也不曉得有沒有在聽。雖然這是冒險者對待憲兵的標準態度，但憲兵長看了還是很想罵他們一頓，教他們好好聽人說話。

話雖如此,憲兵在冒險者眼中似乎不像騎士那麼討人厭,但也不至於反射性跑來挑釁。回想起剛才史塔德那段話,背後的原因原來是「憲兵不算特別受異性歡迎」嗎……憲兵的心情非常複雜。

冒險者在態度上總是不加矯飾,所以無論從好的或壞的方面來說,都很容易看出他們的想法。

「但再怎麼說,那也……喔?」

正在嚴肅討論事情的其中一位冒險者,突然察覺什麼似的看向對岸。憲兵長也跟著看了過去。但那裡感覺沒什麼惹人在意的東西,水路的對岸就是城牆,城牆的開口就在旁邊,那裡有一座橫跨水路的宏偉橋梁。

或許是在中心街活動的人們也來看熱鬧的關係,橋上的人潮逐漸多了起來。但該說不愧是騎士嗎,唯有在那群人裡看見了熟面孔吧?憲兵長才剛這麼想。

冒險者或許是在那兩位騎士身邊,人群自動讓出了空間。

「那傢伙不就是那個人嗎,那個說想問我們委託詳細情況的……」

「喔……好像有點像欸。」

「可是這個人是騎士欸?我們遇到的可能是他的兄弟?」

「是兄弟也很奇怪吧。」

「說不定就是本人喔。」

「哪有可能啦——」

優雅貴族的休假指南。17

那些冒險者這麼說著，爆出一陣笑聲。

就在這時，站在憲兵長身邊的史塔德忽然抬起臉來。明明都不動如山，只在確認事項、回答疑問時開口。這反應是怎麼了嗎？就在憲兵長正打算出言詢問的瞬間……

「哎呀，反正去跟他打個招呼不就知道了。喂——喔噗?!」

「喂，你為什麼把筆丟出去了！」

「有一些隱情。」

冒險者正想朝著橋上揮手，一支筆卻猛然刺中他的臉頰。擲出那支筆史塔德依然面無表情，毫不歉疚地取出另一支預備用的筆來。在他身後，是完全搞不清發生了什麼事的冒險者四人組、震驚到目瞪口呆的憲兵長，以及一位暗自加深了眉間的皺摺，卻仍然裝作不認識他們的騎士。

CASE2：阿斯塔尼亞

夜色逐漸淡薄，在海平線上能望見朝霞的時段。

魔鳥騎兵團當中的部分騎兵，在光線依然昏暗的清晨便動身前往鳥舍。搭檔魔鳥本來就習慣早起的人就不用說了，負責夜間巡邏的人會為了在睡前再看搭檔一眼而來到這裡，前幾天惹得搭檔有些不開心的人也會來到廄舍，靜靜等待搭檔睜開眼

附帶一提，早起魔鳥的搭檔往往也擅長早起，即使交了男女朋友，也往往因為愛太沉重而遭到對方捨棄的超級奉獻型，有許多對一拍即合的。魔鳥的搭檔是在雛鳥期決定的，這時還看不出牠的個性，這就是現任魔鳥騎兵團隊長的鑑別眼光發揮作用的結果了。

「今天早晨的霧特別濃啊……」

　納赫斯也正準備前往搭檔身邊，度過無上的幸福時光。納赫斯的搭檔算是早上比較容易清醒的類型。不對，還是該說牠愛賴床呢？牠醒得很早，但總是沒辦法立刻行動，在原地點頭打瞌睡的時間比較長一些。趁著這段時間替牠保養羽毛，便不容易造成牠的負擔，搭檔一整天的心情都會比較好。但該鬧脾氣的時候，牠還是會鬧脾氣就是了，將這點也視為魅力之一的納赫斯毫無破綻。

「怎麼回事？」

　快到鳥舍的時候，納赫斯察覺一陣無聲的騷動，於是蹙起眉頭。那些人小心不發出聲音，以免吵醒還在睡覺的魔鳥，但周遭還是充滿忙碌的氣氛。

「出什麼事了嗎，納赫斯加快腳步。一名騎兵注意到他，朝他舉起了手。

「怎麼了？」

　看來確實是發生了某些事情，但事態並不緊急。

阿斯塔尼亞在海上擁有廣闊的貿易商路，也時常因此成為掠奪者下手的目標。所以商船往往有騎兵團同行，或者由船兵團護衛，預防措施力求做到滴水不漏。儘管如此，強取豪奪的歹徒仍然無法根除，實在相當可嘆。這也成了阿斯塔尼亞面臨的嚴重問題之一。

但那名騎兵的語調卻相當輕鬆，她應該不是講話這麼隨便的女性才對啊。納赫斯狐疑地看著她，那位幾乎與他同時入團的女騎兵似乎注意到他的困惑，充滿朝氣地笑了。

「是迷宮啦，海賊船的迷宮。你沒聽說過嗎？」

「迷宮……妳是說冒險者的迷宮？」

「沒錯，就是它。」

納赫斯回想起那三位令人印象深刻的冒險者。

他們離開阿斯塔尼亞之後，納赫斯與冒險者接觸的機會少了許多，不過關於利瑟爾他們的記憶卻絲毫沒有褪色。每一次想起那三人，納赫斯總有點擔心他們是不是又在做什麼奇怪的事情了，但同時也有種謎樣的安心感，因為他相信那三人肯定一切平安，而且還維持著他們我行我素的步調。

因此說到最後，結論往往是他們過得開心就好。

穩やか貴族の休暇のすすめ。17

265

「這麼一說，確實是有這麼一艘船。那妳接下來要去負責海賊船的安全戒備嗎？」

「嗯，我現在就帶幾組騎兵過去。所以，冒險者公會那邊就交給你負責囉。」

「什……」

「誰叫現在隊長不在嘛。」

彷彿能聽出女騎兵的句尾加了愛心，不用說，這是因為她非常仰慕隊長集合了女騎兵的傾慕於一身，她素有女傑之名，是位風姿瀟灑、性情剛烈的魔鳥騎兵。明明已經過了壯年，戰力卻不見衰退，依然縱橫翱翔於天際，在騎兵團之外也有不少仰慕者。

納赫斯也知道她現在不在團裡，因此也不打算拒絕聯絡冒險者公會，只是……

「反正你跟冒險者公會的關係那麼好，派你去剛剛好吧？」

「等一下。」

他跟冒險者公會根本沒有什麼關係，只是因緣際會下逐漸被他們接納了而已。而且所謂的接納，其實也只是因為每當那三人組發生了什麼事，總是納赫斯負責出面，所以被公會職員看到他就一臉同情而已。

不過，沒被公會大罵「軍人不准插嘴管冒險者的事」，或許已經算是關係十分良好了。冒險者公會對軍方的態度一向相當冷淡，善意解讀的話，也可以說是納赫斯在冒險者公會培養起了難得的人脈吧。這麼說起來，這一切或許是為納赫斯的地

優雅貴族的休假指南。7

266

位帶來了顯著加分沒錯。

可是，考量到與冒險者相關的案件都不由分說被丟給他的現狀，納赫斯還是有那麼點難以釋懷。

「不過船兵團已經出手了，這部分你也記得幫忙辯解一下喔。」

「……我還是姑且問一句，他們到底做了什麼？」

「聽說是射了幾把長槍上去打招呼，看到船毫髮無傷，他們才發現那是迷宮。」

「船兵團那些傢伙為什麼總是這個樣子……！」

面對充滿未知的迷宮還胡亂攻擊，萬一出事了怎麼辦？納赫斯不禁嘆息。

不對，在船兵團發動攻擊的時間點，就已經出事了……雖然事情是他們引起的。迷宮是冒險者的領地，率先出手攻擊迷宮，就算是為了防衛國土，冒險者公會對軍方的印象也不會好到哪去。就是因為他們總是這樣莽撞行事，船兵團的名聲才會那麼差，被人稱作什麼「隸屬於軍方的海賊」。

順道一提，這幾乎也是事實，所以納赫斯實在無法替他們辯護。

「唉，那些傢伙的行徑也很知名了……好好解釋的話，公會那邊應該會諒解吧。」

「嗯，那就拜託你囉，我也必須動身了。」

「好，那邊也拜託你們了。」

納赫斯目送振翅起飛的騎兵們離開，同時為了自己與搭檔獨處的幸福時光必須往後推遲而感到惋惜。

幸好，由於察覺到氣氛與平常不同，納赫斯的搭檔已經醒來了。朝牠那雙環繞著細小羽毛的澄澈眼眸道了聲歉，納赫斯便騎到牠背上，飛向阿斯塔尼亞的天空。距離上一次迷宮「海賊船」出現在阿斯塔尼亞的大海上，已經相隔了十年以上。即便如此，國民之中想必也有許多人見過那艘船吧。其中應該也有人先去通知了公會，冒險者公會多半已藉此得知了海賊船出現的消息。即使時間是清晨也沒有影響，阿斯塔尼亞的漁夫們起得很早。

「（只不過，這時間冒險者還很少吧。）」

他在上空緩緩盤旋，低頭俯瞰市街。

民眾平靜如常，沒發生任何混亂，絕大多數人可能還不知道海賊船出現了。不時會看見幾人一組、朝著港口狂奔而去的傢伙，那毫無疑問就是冒險者了。說不定是運氣好（納赫斯也不確定能不能這麼說），他們的旅店老闆人脈比較廣，因此得以搶先得知海賊船的消息。

除此之外，前往港口的民眾似乎也比平時更多一些，那裡再過一會兒就會擠滿圍觀群眾了。到冒險者公會通知過後，他或許得和步兵團一同負責維安戒備了。

「看來今天會相當忙碌，要拜託你囉。」

納赫斯摸了摸搭檔的背，緩緩朝著逐漸接近的冒險者公會降落。

「喂，你們這些傢伙！海賊船出現啦，還有閒工夫接委託啊，快去！」

「你早說嘛，臭大叔！」

「啊?!」

「吵死啦，記得別造成附近居民的困擾啊！」

來到公會前方便吵鬧了起來。

公會大門口，那位光頭的公會職員雙臂環胸，又開雙腿氣勢洶洶地站在那裡，催促冒險者趕快出發。聽見這消息的冒險者們也一反原來懶散的步調，爭先恐後地衝了出去。

早日解決這座迷宮對納赫斯而言也是求之不得，因此冒險者們幹勁充沛是件值得高興的好事。

「抱歉，現在方便打擾一下嗎？」納赫斯開口。

「啊？當然好，好像很久沒看到你啦。」

納赫斯降落到地面，從魔鳥背上翻身躍下，向職員搭話。那位公會職員也一派輕鬆地舉起手。

納赫斯輕輕拉了拉韁繩，讓搭檔坐下，職員嚴厲粗獷的面孔便轉向了牠。每次見到旁人看向搭檔時眼中湧現的親暱神色，騎兵心中總是會湧起一股強烈的自豪之

穩やか貴族の休暇のすすめ。17

269

情，而納赫斯也不例外。

「我聽說海賊船出現了。」納赫斯說。

「是啊，這次也要給你們添麻煩了，抱歉啊。」

「那也不是任何人的錯吧。」

「確實沒錯。」

職員晃動著肩膀，大聲笑了起來。

迷宮這種東西，就像暴風雨和龍族一樣。為了方便起見，迷宮相關事務確實是由冒險者公會負責管理，但也不是想徹底管理就能如願的東西。它們總在某一天毫無預警地出現，又在某一天無聲無息地消失。

不過，迷宮一般都不會在城市中出現，因此在充滿未知的迷宮當中，海賊船也算是定位相當特殊的存在。

「聽說在其他國家，它還會像艘玩具船一樣漂浮在噴水池裡面呢。」職員說。

出現在海上已經算很有良心了，納赫斯這麼想道，但好像有點不太對。不會有小朋友不小心將它撿回家去嗎？想到一半，他回想起了原本來到這裡的目的。

「對了，船兵團從旁插手⋯⋯算是先發制人嗎？他們好像對迷宮發動了攻擊。」

「喔，是有這回事，我都聽說啦。防衛辛苦了。」

公會職員看起來完全不以為意，納赫斯點點頭，向他道了謝。

它看上去就是一艘船，乍看之下也看不出是迷宮，公會大概是將這件事當作不可抗力，因此不打算追究吧。

「哎，不過就我聽過的傳聞，攻擊迷宮總是沒什麼好事，你還是幫我叫他們小心點吧。」職員說。

「好，我會轉達的。是什麼樣的傳聞？」

「聽說有些迷宮會反擊。大量放出魔物，或者是門板猛然打開，狠狠往人臉上重擊之類的。更奇怪的還有往周遭一帶散發甜膩的味道，濃到一整個月都不會消散。」

怎麼都這麼不正經啊。

「那我們這一次運氣很好，迷宮對船兵團的攻擊好像沒有反應。」納赫斯說。

「哎，畢竟他們同為海賊嘛，說不定覺得這只是正常打招呼，不需要計較。」

「怎麼可能……」

納赫斯正要一笑置之，不過轉念一想，又覺得有幾分道理。

回想起先前時常聽利瑟爾他們說的，「迷宮懂得察言觀色」、「沒辦法，迷宮就是任性」，他也開始相信這或許不是不可能了。

既然充滿未知的迷宮能將我行我素的利瑟爾等人玩弄於股掌之間，那麼不管發

生什麼事好像都不太意外。

「不對，等等，船兵團可不是海賊啊。」納赫斯澄清道。

「不是也差不多了嗎。」

「這……哎，從某個角度來看確實沒錯。」

船兵團是一群會發下狂語，說在掠奪船上搶劫是一種正義的傢伙，事實上他們保護船隻免於襲擊的光景，確實教人一時分不出哪一方才是歹徒。但他們判讀海象的眼光和作戰實力都是一等一的，而且對自己人很重義氣，儘管被人戲稱為一支「九成都是海賊」、「以海賊為反面教材的海賊」的軍隊，仍然深受民眾愛戴景仰。

他們真的只是言行和海賊太相像了而已。

「而且，在船兵團動手之前，已經有漁夫出手了吧？」職員說。

納赫斯還是第一次聽說這回事，不禁按住了眉心。

「……是哪裡的情報……」

「來自他本人啦，本人。他說他以為那是非法盜漁船，所以原本想在他們船底開個洞。」

「那就……不對，一點也不好。漁夫沒受傷吧？」

「還活蹦亂跳呢，說用他最自豪的那把魚叉也完全傷不到那艘船。」

阿斯塔尼亞的民眾為什麼就這麼好戰呢？

納赫斯也不太有資格說別人，但他至少不會做出突然攻擊可疑船隻這種事來。

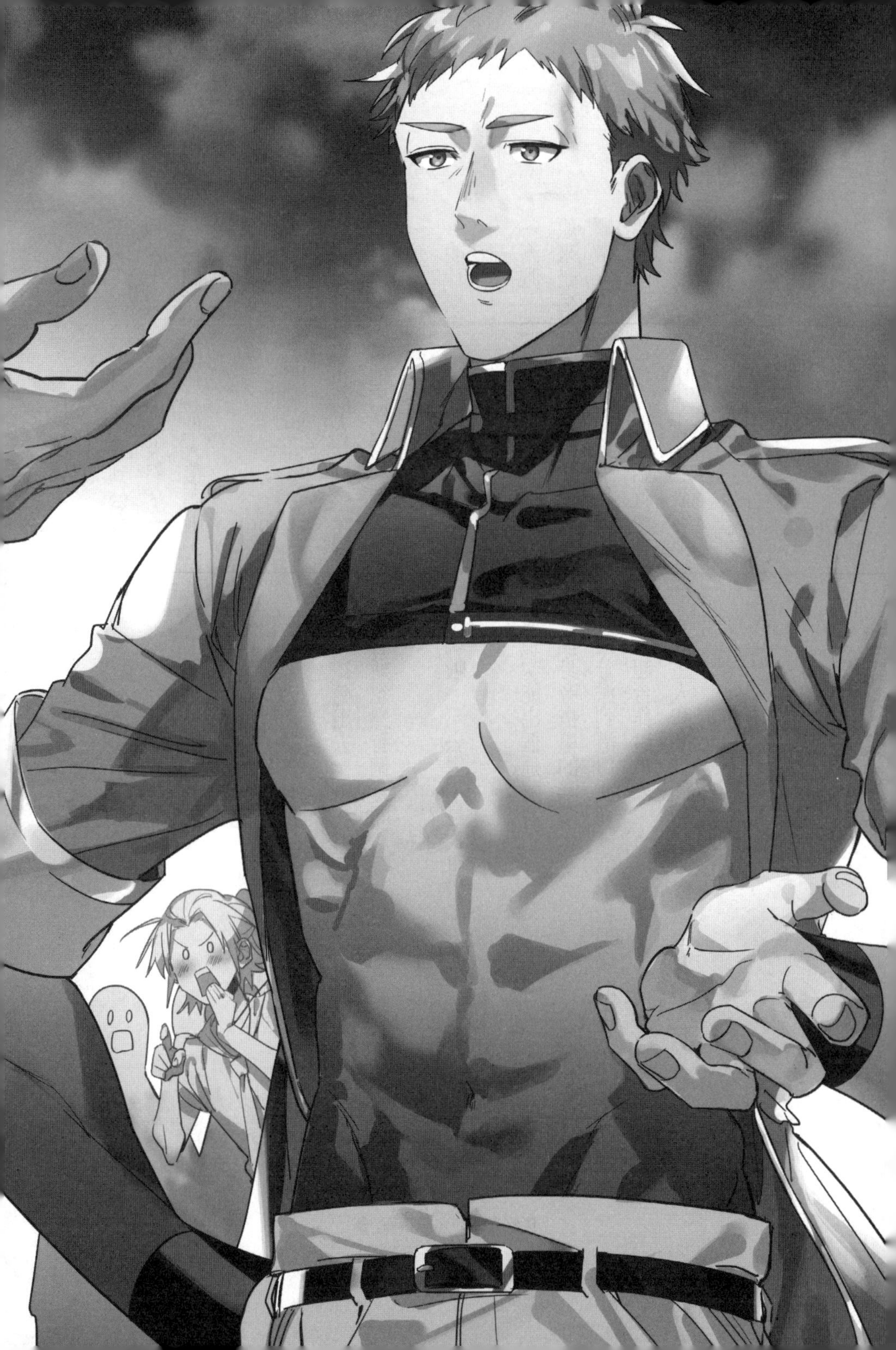

聊著聊著，又有冒險者到公會來了。

「喲大叔，怎麼都沒人啊？」

「你們完全落在其他人後頭啦。海賊船出現了，快到港口去！」

「啊?!」

「該死，慢了一步……！」

「多賺點錢回來啊！」

那些冒險者也和前人一樣，一轉身就拔腿猛衝出去。

看見職員朝著他們的背影扯開嗓門，納赫斯忽然有個疑問：

「這樣你們的委託沒問題嗎？」

「說什麼鬼話，你以為這迷宮幾年沒出現啦，不去豈不是太可惜了。」

「確實，上一次好像是滿久以前了。」

「對吧。而且，公會也希望阿斯塔尼亞這次能出個通關者！」

原來是這樣，在這之後，納赫斯一如預期被分派到港口戒備，為了和現場的步兵團與船兵團聯手合作，他開始就地與雙方討論起合作事項來。

順帶一提，納赫斯恍然想著，一邊撫摸身旁搭檔的喉頭。

在他身後不遠處，少年心表露無遺的旅店主人和朋友們一起來參觀海賊船，整個人興奮得不得了。

CASE3：撒路思

向冒險者公會告知這項消息的，是自警團的一位成員。

第一發現人是位早上準備去釣魚的老人家。當時他肩上扛著釣竿，一手提著魚籠走向棧橋，一艘和他同樣上了年紀的小船停泊在那裡等他到來。看見出現在眼前的海賊船，幸好他是位閱歷豐富的長者，在人生中已經看過這艘船好幾次了，因此不至於嚇到跌坐在地。

老翁以一貫的步調沿原路折返，打著呵欠叫住了正準備換班巡邏的自警團員。

在那之後，男性團員之間發生了一場壯絕慘烈的激戰，不過最後是一位女性自警團員贏得了前去通知冒險者公會的權利。公會櫃檯小姐當中有一位是她的朋友，而且沒有不純動機的候選人實在相當強勢。

「謝謝妳來通知我們～！」

「妳可以正常說話沒關係喔。」

「但現在是上班時間……果然還是有點受不了。」

「妳也真辛苦呀。」

職員往桌上一趴，自警團員說著摸了摸她的頭。

冒險者公會正在準備開張，大廳裡多少有些忙碌，不過和擠滿冒險者的時候比起來已經足夠平靜了。有些地方的冒險者公會在準備期間也會讓冒險者自由出入，

有些則是等到完全準備好才會打開大門。撒路思的冒險者公會屬於後者,所以有時間好好聽自警團員講述事情經過。

順帶一提,阿斯塔尼亞的公會徹底屬於前者,但由於史塔德很早就著手準備,迅速做完準備工作,因此結果上變成了後者。

「咦——怎麼辦呀,海賊船冒出來了?」

「這樣委託不就消化不掉了嗎?」

「不要告訴他們不就好了?」

「趁著消息還沒傳開的時候,盡量多發出幾個委託吧。」

職員抬起了原本趴在桌面上的臉。

自從接到自警團員的通知以後,職員的幾位姊姊們便更忙碌了些,在她背後穿梭來去。那我也得幫忙才行——她正想站起身,肩膀便被一位恰好經過的姊姊按了下來。

「她難得過來,妳繼續聊沒關係啦。」

「咦,謝謝。」

平常坐櫃檯時她的聲音總是高了八度,但在工作以外的時間,她的說話聲偏低,也顯得比較無精打采。

不過身為她的友人,自警團員反而比較習慣她的低音,所以並不介意。

「妳和姊姊們聽了這個消息,怎麼好像都不太高興啊?」

「工作做不完，誰都不會高興吧。」

「話是這麼說沒錯啦。」

自警團員揉著自己的下唇說道，好像還是有點納悶的樣子。看見她那副表情，職員勉為其難地開了口：

「關於海賊船，我們有個不好的回憶。」

「咦，什麼回憶？是冒險者做了什麼嗎？」

「不是，是公會職員，別國冒險者公會的。」

「那個人態度很差勁嗎？」

「何止是差勁啊──」

職員原本撐著頭，說到這裡時下巴從掌心滑了下來，努力從逐漸湧上心頭的討厭回憶中轉移注意力。

為什麼越是討厭的記憶，人們就越容易不斷反芻？拜此所賜，總是沒辦法忘得一乾二淨，職員垂下肩膀。她真想現在立刻埋頭做她最喜歡的裁縫。

「每次見到那個人，都只會聽到他在吹噓炫耀。」

「是那種自尊心很強的人哦。」

「如果只是這樣就算了，但他還會插嘴干預我們公會的做法。」

「原來還是自以為是妳上司的那種人。」

穩やか貴族の休暇のすすめ。

277

「但是他不管對我們家哪個姊妹的態度,都很明顯別有用心。」

「不愧是冒險者公會的才女們,果然是能在我們自警團引發內部分裂的狠角色啊。」

「什麼意思?」

「剛剛才發生過啊。」

男人們壯絕慘烈的戰爭被隨口當成了閒聊話題。

「感覺他整個人都很討人厭。該怎麼說,那種態度一聽就知道他瞧不起人。」職員說。

「下次被他糾纏的時候,找冒險者來幫個忙如何?只要妳們開口,他們肯定都願意幫妳們討個公道吧?」

「有些冒險者可能討個公道就把人家脖子扭斷了⋯⋯」

「哦⋯⋯確實也對,假如問他有沒有壞到那個地步,好像也很難說。」

無論什麼樣的人,只要抱持著對方「也沒有壞到需要扭斷脖子」的心態,自然也就不會覺得對方那麼難應付了。

先不論實際上有沒有辦法扭斷他的脖子,自己心中的問題瞬間就變得微不足道了,會覺得這都只是小事,不再耿耿於懷。雖然並不是所有時候、面對任何人都能這麼想,但她面對那個討厭職員的時候心中總是抱持著這種思想。

姊姊們聽見了兩人的對話,也跟著發起牢騷。

「說真的，那傢伙到底有什麼毛病啊？」

「明明沒找他，卻動不動跑過來，真的莫名其妙。」

「而且還特別挑了老爸不在的時候，有夠恐怖。」

「說什麼有東西要交給我們，拜託，請愛用郵務公會好嗎。」

撒路思冒險者公會引以為傲的一眾姊妹花，沒想到還有這種煩惱。自警團員活動著頸子，尋思著說道：

「為什麼聽到海賊船，妳們會想起那傢伙呀？」

「喔……該說是那個人的口頭禪嗎？他會說，我們公會可是出過海賊船的通關者哦，這都是拜我的指導所賜，相較之下撒路思的公會怎麼樣怎麼樣……之類的。」

「原來公會職員還會指導冒險者哦？」

「沒聽說過。」

這回答也就是職員根本沒什麼好指導冒險者的意思。

公會職員能教給冒險者什麼？硬要說的話，只能交給他們工作而已。

確實，公會會為高階冒險者舉辦禮儀講座，讓他們面對貴族的時候勉強不會遭到刑罰，但再怎麼想也就只有這方面的指導了。順帶一提，高階冒險者都說這禮儀講座在每個國家差異過大，所以完全派不上用場。

但是在攻略海賊船這方面，禮儀講座到底有什麼用啊？

即使真的用得上，這種愛對人冷嘲熱諷又沒禮貌的討厭鬼，所教導的禮儀到底有什麼可信度？

「所以說，他是個自尊心很強、以上司自居，而且還愛往自己臉上貼金的人囉。」自警團員說。

「沒錯。而且要說指導，我們公會還──」

職員說到一半，公會的大門便打開了。

已經到了公會開門的時間了嗎？不對，應該還沒開張吧？職員內心一陣慌亂，自警團員也跟著回頭望向門口。

「喲，小丫頭們，今天好嗎？」

現身的是一位已屆老年，卻擁有精實體魄的老者。老者身後背著一把粗獷而巨大的毀滅劍。他背著這麼重的一把巨劍，又失去了一隻手，軀幹卻仍然沒有一絲不穩。

一眼就能看出這是位威風凜凜、實力不凡的戰士。

「受您關照了──！」

「啊，平常受您關⋯⋯」

職員立刻切換成高八度的聲音打招呼，一位姊姊卻以高八度的聲音打斷了她。

姊姊將正要起身的職員按回原位，迅速衝過她身邊，跑到老者身旁。

「這裡的老婆婆叫我過來，但我是不是來得太早了點？」老者說道。

「千萬別這麼說。一大清早就能拜見到您精悍的容顏，我感到非常榮幸。」

「妳說話總是這麼誇張。」

「哎呀，您怎麼說這麼無情的話呢，雖然這一點也是如此迷人！」

那位姊姊身上四處飛出愛心。

她平常總是這樣，姊妹們都不在意了，只有自警團員一個人欽佩地看著老者。

「真厲害，光是看一眼就知道他實力高強。」

自警團員壓低了聲音說道，職員也有些自豪地將手附在嘴邊說：

「畢竟他以前是Ｓ階冒險者呀。」

「喔，原來就是他。」

「我也不清楚詳情，但好像是我奶奶請他過來的。他不時會替冒險者指導劍術，我也在旁邊看過，真的強得莫名其妙。」

「我想也是。」

「還有，我們家偏愛老人的姊姊正在發動猛攻。」

「這我也看得出來。」

兩人壓低了聲音輕輕發笑。

在兩人視線另一端，那位姊姊臉上帶著少女戀愛中的神情，輕輕按住自己發紅的臉頰說：

「我都已經告白過這麼多次，希望您能跟我交往了。」

「省省吧,我們家那個老婆子可是很可怕的。」

「我從來沒想過要贏過那位風情萬種的夫人,請讓我當您的小妾吧。」

「那就是我不熟悉的文化了。」

老者揚起一邊嘴角,露出充滿霸氣的笑容。

那神情充滿了人性的魅力,必須是見過許多風浪,聽過許多傳聞,遇過各式各樣的人,遍歷各種經驗之後才能浮現的神情。即便不抱戀慕之情,任何人看了這笑容也都會受到吸引。

當然,那位戀愛中的姊姊也看得說不出話來,流露出心醉神迷的眼神。

「跟妳們借一下訓練場,老婆婆來了再叫我。」

「好的……!……!」

即便如此,她還是勉力答了話,不愧是專業的職員。

職員看著姊姊那副模樣,目送那道寬闊的背影消失在門扇另一頭,將視線轉回近得能說悄悄話的友人身上。看見那頭剪齊的短髮襯托著她凜然的五官輪廓,職員忽然有了裁製下一件衣服的靈感。

好想趁著還沒忘記的時候將它記下來。她這麼想著,將浮現的想法深深刻在心裡,隨口補充道:

「其實他以前是S階這件事,公會方面也刻意不太聲張。」

「這樣啊?」

「嗯,所以想找他指導劍術的冒險者也沒那麼多。」

「是喔,那還真可惜。不如拜託他來當自警團的劍術指導好了。」

「啊,感覺他確實會願意答⋯⋯應⋯⋯」

職員的動作僵住了。

自警團員先是感到疑惑,緊接著察覺背後的氣息,正打算回過頭去。

但一隻纖纖玉手輕輕觸碰她的肩膀,將她定在原地。儘管自警團員的力氣應該比她大,卻還是動彈不得——不,是恐懼到了極限,挪動身體的勇氣已經被消磨殆盡。

「我很喜歡那位先生自由自在的氣質。」

在感受得到吐息的距離,有道聲音在她耳邊低語。

語句本身充滿熱愛,嗓音卻冷如冰霜。從她碰觸肩膀的手、吹在側頸的氣息,都感受不到半點溫度,彷彿被冰雕抱住似的,一陣震顫竄過背脊。

「但即使是這樣,我還是免不了會嫉妒。還請原諒我內心這醜陋的一面吧。」

職員緊盯著自警團員背後,渾身發抖。

自警團員也低頭看著顫抖的職員,定在原地不敢亂動。

「公會準備開門囉——大家記得,連海賊船的『海』字也不許說出口哦。」

「是!」

「我也先去巡邏了!」

穩やか貴族の休暇のすすめ。7

283

聽見其他姊姊宣告開門，兩人頓時如得天助，當場拔腿就跑。職員就這麼度過了危機。但後來，委託沒發出去多少，海賊船出現的消息便在冒險者之間傳了開來，職員也只能悔恨地咬著牙關。

不過，在那之後。

她們親眼目睹了利瑟爾等人決定前往海賊船的光景，心情登時激動沸騰，激動到利瑟爾他們剛踏出公會，整間冒險者公會大廳立刻變成一座舞池。冒險者全都跑到海賊船去了，她們也不用擔心被誰撞見。有個委託人突然露臉，但那位委託人看見職員們若無其事地回到原本的工作崗位，便立刻拿出他正好背在背上的康加鼓，在公會裡演奏起來。

大廳一秒恢復了喧鬧歡騰的氣氛。

「終於！撒路思！也要出現！海賊船的！通關者了！」

「今天就是那個該死討厭鬼的忌日了——！」

「那傢伙真的就只有那點可以炫耀——！」

「不知道發生了什麼事但恭喜！」

職員們手上拿著堆積如山、消化不掉的委託單瘋狂跳舞，跳夠了就極其尋常地替委託人辦完了委託申請手續，早早關上了公會大門，便腳步匆匆地跑到了海賊船等候的棧橋去。

她們迎接利瑟爾等人從海賊船出來的時候，心情有多亢奮就不必說了。誰也沒去確認他們的通關事實，但從結果上來說，利瑟爾他們確實是通關了，眾職員也因此得以免於一場尷尬。

# 後記

骷髏究竟能不能算是一種異形就交給專門的學會去認定，但無論如何，異形真是一種浪漫對吧！

異形頭搭配完美身材是至高無上的王牌組合，多腕異形的每一隻手都強烈表現出主人的性格，半人半獸則是富有智慧的人類上半身與野獸下半身之間有著強烈反差感，讓人心動不已。休假系列的世界觀沒辦法讓我寫半人半獸，今天也只好把不甘心的淚水往肚裡吞。

我是被自己的癖好耍得團團轉的作者岬，承蒙各位關照了。

其實這一集收錄的海賊船篇章，是與第十四集的電子書特典短篇採用同一個主題書寫的。

光是特典短篇的字數無法滿足我寫海賊船的欲望，於是我在「成為小說家吧」的近況貼文上，詢問讀者們能不能讓我使用相同主題再寫一章。讀者們非常爽快地說：「好！」所以我就喜孜孜地寫了這次的故事。休假系列擁有全世界最棒的讀者。

伊雷文在故事裡說的那樣，迷宮回我總是寫得很開心，但這一次又寫得特別盡興。因為，就像伊雷文在故事裡說的那樣，迷宮「海賊船」就像是活動關卡。

不同隊伍的冒險者能在迷宮裡對話，這在休假世界裡真的是例外中的例外。我也一度煩惱過到底應該不該在這裡破例，最後便決定將它寫成期間限定的迷宮，將它的特別感強調到極致。

本來還想讓利瑟爾他們和尚未邂逅的冒險者、陌生國度的冒險者也交流一下，但這麼做恐怕會引發各種弊病，所以這次的海賊船就只出現在利瑟爾他們已經踏足過的國家了。熟識的冒險者們七嘴八舌地說了許多話，有他們在，我想已經非常足夠了。我太喜歡配角了，每次讓路人冒險者開口說話，真的可以把一幕寫成一本書那麼長。

一路讀到這一集的各位讀者，一定也能理解這種感覺⋯⋯！

這一集也承蒙了多方協助，才能將這本書呈現在大家眼前。

謝謝さんど老師，除了書籍以外，也幫忙監修休假系列所有的相關插圖。

感謝我像佛祖一樣慈悲的編輯，即使過了截稿期限也永遠不會生氣。感謝TO BOOKS出版社，究竟要把休假系列帶往什麼樣的境界呢！最後，還要感謝拿起這本書的你。

謝謝你一起優哉游哉地享受利瑟爾他們的休假！

二〇二三年四月　岬

國家圖書館出版品預行編目資料

優雅貴族的休假指南.17 / 岬 著；簡捷 譯. -- 初版. -- 臺北市：皇冠文化出版有限公司, 2025.06-
　冊；　公分. -- (皇冠叢書；第5231種)(YA!；77)
譯自：穏やか貴族の休暇のすすめ。17
ISBN 978-957-33-4297-7 (第17冊：平裝)

861.57　　　　　　　　　　114006063

皇冠叢書第5231種
YA！077
優雅貴族的休假指南。17
穏やか貴族の休暇のすすめ。17

Odayakakizoku no kyuka no susume 17
Copyright ©"2023" Misaki
Chinese translation rights in complex characters arranged with TO Books, Inc. Complex Chinese Characters © 2025 by Crown Publishing Company, Ltd.

作　　者—岬
譯　　者—簡捷
發 行 人—平　雲
出版發行—皇冠文化出版有限公司
　　　　　台北市敦化北路120巷50號
　　　　　電話◎02-27168888
　　　　　郵撥帳號◎15261516號
　　　　　皇冠出版社(香港)有限公司
　　　　　香港銅鑼灣道180號百樂商業中心
　　　　　19字樓1903室
　　　　　電話◎2529-1778　傳真◎2527-0904

總 編 輯—許婷婷
責任編輯—林鈺芩
美術設計—單　宇
行銷企劃—謝乙甄
著作完成日期—2023年
初版一刷日期—2025年6月

法律顧問—王惠光律師
有著作權‧翻印必究
如有破損或裝訂錯誤，請寄回本社更換
讀者服務傳真專線◎02-27150507
電腦編號◎515077
ISBN◎978-957-33-4297-7
Printed in Taiwan
本書定價◎新台幣340元/港幣113元

「好想讀輕小說」臉書粉絲團
www.facebook.com/LightNovel.crown
皇冠讀樂網：www.crown.com.tw
皇冠Facebook：www.facebook.com/crownbook
皇冠Instagram：www.instagram.com/crownbook1954
皇冠蝦皮商城：shopee.tw/crown_tw